〈わたしたち〉の到来

英語圏モダニズムにおける歴史叙述とマニフェスト

中井亜佐子

月曜社

シリーズ〈哲学への扉〉第七回配本

〈わたしたち〉の到来　目次

〈わたしたち〉の到来

序章　「フィクションは人間の歴史である」

みずからの美学的マニフェストのひとつでもある「ヘンリー・ジェームズ評」（『ノース・アメリカン・レヴュー』誌初出、一九〇五年）のなかで、ジョゼフ・コンラッドは小説と歴史の関係について次のように述べている。

小説（fiction）は歴史であり、人間の歴史（human history）である。さもなくば無である。だが、小説は歴史以上のものでもある。小説は堅牢な地盤の上に立っており、ありのままのかたちと社会現象の観察に基づいているが、歴史は文書、印刷物あるいは手で書かれたものの読解、すなわち二次的な印象に基づいている。ゆえに小説は真実に近い。

だがそのことは措いておこう。歴史家は芸術家でありうるし、小説家は歴史家であり、人間の経験を保存する者、管理する者、解釈する者である。[1]

小説《フィクション》は、語義のうえでは虚構《フィクション》である。「フィクションは歴史である」という命題はそもそも矛盾している。しかし、小説は書き手が直接に現実を観察した成果であるから、資料の読解に基づいて再構成した歴史よりも「堅牢な地盤」の上に立つと、コンラッドは強弁する――それゆえ、小説は歴史より「真実に近い」のだと。だが、結局のところ、両者の違いは重要ではない。なぜなら、歴史家は芸術家であり、小説家は歴史家なのだから。このように主張する作家にとって、小説を書くという行為は人間の「真実」の歴史を記述するための思想の探究であり、その思想を表現する美的形式の実践でもあった。

本書の企図はふたつある。第一に、二〇世紀の幕開けから第二次世界大戦までの時期に英国を拠点に執筆した作家たち、いわゆる「モダニスト」たちの歴史理論と歴史叙述の実践の一端を記述すること。第二に、モダニストたちの理論と実践が二〇世紀後半の社会思想や批評理論へと継承されてきたことを再検証することである。中心的に論じるのは、ジョゼフ・コンラッド（一八五七－一九二四年）、ヴァージニア・ウルフ（一八八二－一九四一年）、そしてC・L・R（シリル・ライオネル・ロバート）・ジェームズ（一九〇一－一九八九年）という三人の書き手である。三人は世代やジェンダー、出身地、出身階級が異なり、個人的な人間関係や影響関係も希薄である。しかし、生きた時代と場所は重なりあい、同じ言語で執筆し、互いにひそかに共鳴しあっている。

コンラッドが『ナーシサス号の黒人』（一八九七年）でジェームズ・ウェイトという名のカリブ出身の黒人を主要人物として登場させた数年後に、C・L・R・ジェームズは英領トリニダードで生まれている。ブルームズベリー・グループの知識人であるウルフにとっては、コンラッドはあくまでポーランド人作家であったが、二〇世紀の文学の先駆者として評価すべき存在でもあった。[2] ウルフとジェームズは、同じ一九三〇年代のロンドンの街を歩き、〈政治の季節〉の空気を呼吸していた。[3] ジェームズは一般には小説家だとは考えられていないが、文体や形式へのこだわりという点においてきわめて「文学的な」歴史家および批評家であり、終生、モダニズム文学を愛読していた。そして、ウルフとジェームズの思想は一九七〇年代以降の社会運動に受けつがれ、コンラッドとジェームズはエドワード・サイードを経由して現代の批評理論に多大な影響を及ぼした。このような意味において、三人のモダニストたちは緩やかにつながっている。

本書は一般的な意味での作家論や作品論ではない。コンラッドとウルフはモダニズムの正典《カノン》に属する小説家だが、本書が論じるテクストは代表的な小説作品ではない。むしろ本書では、フィクションとしての技術的完成度の高い作品ではなく、自伝やエッセイ、初期あるいは晩年の作品など、現実指標性の高いテクストを中心に取りあげる。C・L・R・ジェームズは美的形式の可能性を追究した歴史家、批評家であり、彼が生涯書きなおし続けたハイチ革命の物語は十分に文学的なプロジェクトではあったが、ハイ・モダニズムの審美基準にかなうものではないかもしれない。だが、文学作品を美的に判断することは本書の目的ではない。むしろ筆者は、モダニズムの美的な形式が物質的な現実と関係を取り結ぼうとして、その企図が失敗に終わり、未完のまま残されたテクストにこそ注目する。それらのテクストは歴史をたんに陳述するだけでなく、書くことによって現実そのものを変革するための行為遂行的《パフォーマティヴ》なマニフェストでもある。コンラッド、ウルフ、ジェームズによる歴史理論の「文学的」な探究は、未来の歴史を語り、語ることによってそれを現実化するための方法論の模索であったと筆者は考える。

さきに引用したコンラッドの文章によれば、歴史は史料を二次的に再構成したものにすぎず、小説《フィクション》こそが現実社会に直接かかわっているのだという。これは一般通念を転倒させた逆説であるが、根本にある前提においては——小説のほうが歴史より真実に近いかどうかは別として——二〇世紀後半の構造主義以降の歴史理論につながる考え方である。ヘイドン・ホワイトは『メタヒストリー』（一九七三年）で、歴史とはたんにできごとを書きつらねただけの記録ではなく、プロットによって構築された物語であると主張した。「歴史家は、編年史が記録するできごとに物語要素としてのそれぞれ異なる機能を与えることによって、できごとを意味の階層構造へと配列する。それによって、始まり、中、終わりを明確にもつ理解可能なプロセスとみなされる一連のできごとの、形式的な一貫性があきらかにされる」[4]。『メタヒストリー』でホワイトが考察したのは一九世紀の歴史思想家による「リアリズム」の物語作法に基づいた歴史叙述《ヒストリオグラフィ》であるが、コンラッドはホワイトと同じく、まさにメタヒストリーの実践者だった。二〇世紀転換期にあって、コンラッドは近代リアリズムの物語プロットを極限まで抽象化して、その「構造」を晒してみせた。近代の歴史叙述のプロットを相対化し、プロットに抗って現実社会をより直接的に知覚すること、それこそが脱近代の歴史を書く／つくりだす、モダニスト・ヒストリオグラフィの第一歩だった。

　むろん、二一世紀も二〇年が経過した現在、二〇世紀の歴史理論はそれ自体が歴史化されるべきものではある。デマやフェイクニュースが氾濫する「ポスト真実」の時代を生きるわたしたちにとっては、「フィクションは歴史より真実に近い」などという見解は、むしろうさんくさく聞こえる。インターネット、ＳＮＳの普及による情報環境の変容にたいする危機感から、歴史とフィクションを峻別し「堅牢な地盤」をもつ真実を要求する声が知的世界では高まっている。そこでは二〇世紀後半を席巻した（ポスト）構造主義、ポストモダン思想は一九九〇年代後半以降徐々に退潮し、歴史や社会の諸問題に真剣に取りくもうとする研究者は文学研究から離れ、社会科学的、システム論的、あるいは実証主義的な方法論を選択するようになっている。

二〇〇三年、こうした風潮を目ざとくとらえた柄谷行人は、「近代文学の終り」を宣告した。もちろん、文学そのものが終わったのではない。だが、文学を読解し批評するという行為のほうはあきらかに、社会や政治に働きかける力を失いつつあった。日本の文学理論を牽引してきた代表的な批評家が「はっきりいって、文学より大事なことがある」と発言したとき、それは文学批評の政治的役割の終焉を意味していたのである。[5]柄谷自身の思想もその後、より古典的な唯物論に回帰していった。日本の「現代思想」界隈で、文学が論じられることも少なくなっていった。二〇〇三年といえば、イラク戦争開戦の年（三月）であり、エドワード・サイードが亡くなった年（九月）でもある。つまり、アメリカの強硬な中東政策や軍事行動によって国際秩序が第二次新自由主義体制に暴力的に再編されつつあった時期であり、そうした動きに異議を申したてる影響力のある批評家がいなくなりつつあった時期でもある。いうまでもなく、（批評理論を含む）文学研究の凋落のかなりの部分は、九〇年代半ば以降グローバルに推進されてきた大学の新自由主義改革に起因している。

筆者が本書でやろうとしていることは、モダニズムがいったんは「終わった」地点に立って、モダニストたちの亡霊を呼びだそうとする努力であると言ってしまってもよい。その努力を駆動するのはおそらく、一抹の郷愁とともに、反時代的であることによってもっともアクチュアルな批評を実践しようという——それこそがモダニスト的な——野心である。

＊

英語圏のモダニズム研究の方法論には、ふたつの主要な潮流がある。ひとつは、文学テクストを自律的な作品とみなすのではなく、同時代の文化的事象のなかに位置づけて分析するという、カルチュラル・スタディーズの方法論である。マイケル・ノースは『一九二二年を読む』（一九九九年）のなかで、こうした方法論の趣旨は「『ユリシーズ』や『荒地』の同時代的読解を再構築すること」ではなく、「これらの作品が導入された、より大きな公共世界を再構築すること」であると述べている。それが意味するのは「その時代の「反応、予備判断、言語的ないし非言語的ふるまい」の感覚を再捕捉すること」あるいは「「予備判断」の概念全体が、人文科学のさまざまに異なる分野においてかなりの衝撃を与えつつあった歴史的瞬間を、再解釈すること」であるという。[6]カルチュラル・スタディーズとしてのモダニズム研究は、従来の審美基準によって文学史から排除されてきたテクストや文化現象を「ポップ・モダニズム」「バッド・モダニズム」などとして再発見するとともに、[7]そうしたさまざまなテクストのなかに正典《カノン》テクストを位置づけなおして文脈化し、文学史の審美基準そのものをも歴史化ないし政治化してきた。今日、ジェームズ・ジョイスとT・S・エリオットはいまだモダニズム研究の中軸にあるとしても、これらの作家は多くの場合、同時代の大衆文化との接触や対比という観点から論じられる。

旧来のカルチュラル・スタディーズは研究の射程を特定の時代や時期に定め、しばしば地域的にも限定して歴史文脈主義的な分析を行う傾向にあるが、モダニズム研究の第二の潮流は、一九九〇年代以降のポストコロニアル批評やグローバリゼーション研究の影響を受けて、研究の射程を時間的、空間的に拡大しようとしてきた。アルジュン・アパデュライは、九〇年代のグローバリゼーション文化研究を代表する著作『さまよえる近代』（一九九六年）で、いかなる社会も単一の近代化の歴史を辿るとする「近代化理論」を批判し、近代とグローバル化のダイナミックな関係を「グローバル・カルチュラル・フロー」という観点からとらえなおした[8]。ローカル（地域的）なものはしばしば、グローバル化への抵抗として再生産される。アパデュライによれば、近代はそれぞれの地域と場所において、欧米先進国とは異なるかたちで経験される。先進国では年代的、内容的にポストモダンとみなされる消費文化、マス・カルチャー的現象も、他所ではモダニティとして、場合によっては「いま、ここ」ではない「どこか別の場所」として経験されるという。

文化研究の空間的拡大は、たんに多様なモダニズム／モダニティを発見しただけでなく、いわゆるハイ・モダニズムとロー・モダニズムの関係の再検討をも促した。『モダニズムの地理学』（二〇〇五年）所収の論文「グローバル化しつつある世界におけるモダニズムの地理」のなかで、アンドレアス・フイセンは以下のように述べている。非西洋地域においてはしばしば、ふたつのモダニズムの関係は西洋におけるそれとはずいぶんと異なっている。そこでは西洋のハイ・カルチャーがローカルな伝統文化との関係で必ずしもハイブラウの地位を獲得するわけでないし、マス・カルチャーにたいする抵抗は、それが低級な娯楽だからではなく、むしろ西洋の文化的覇権を象徴するものだからである。フイセンは「エリート文化を首尾よく攻撃することが、政治的、社会的変革に主要な役割を果たすと考えるのはやめるべき」であると指摘する。文化受容の地域的差異を考慮に入れるならば、ハイ・モダニズムを「エリート主義」として断罪したり、あるいはその反対に、マス・カルチャーへのコミットメントを無邪気に称揚することはできない。必要なのは、文化の実践やその生産物がそれぞれの地域の政治的、社会的言説とどのように結びついているかを詳細に検討することであるという【9】。

一方、こうした「拡大主義」は、モダニズム／モダニティの概念の極端な抽象化を招くことにもなる。スーザン・スタンフォード・フリードマンの『惑星的モダニズム』（二〇一五年）はその典型例である【10】。フリードマンはモダニズムをモダニティの美的な領域として定義するが、モダニティそのものを純粋に「関係性的（relational）」な概念として、すなわちどの地域であれどの時代であれ起こりうる「新しさ」の追求としてとらえなおしている。そのことによってモダニティは空間的にグローバル化するのみならず、時間的にも無限に拡張し、ウォーラーステインの世界システム論が起点とする一五〇〇年より以前にも「モダニティ」が存在したと主張する。フリードマンによれば、マルクス主義およびマルクス自身でさえ、ヨーロッパ資本主義システムの確立を近代の始発点とみなすことによって西洋中心主義に陥っているという。西洋と非西洋の関係を論じる際に、マルクス主義をベースとするポストコロニアル批評や世界システム論が陥りがちな「中心と周縁」という思考モデルから脱却するために、フリードマンが採用するのは、複数化されたモダニズムが世界のあちこちで同時多発的に発生する「マッシュルーム・アナロジー」であり[11]、そうした多様なモダニズムが互いに水平に関係しあうネットワーク・モデルである。

『過渡期の英国《ブリティッシュ》文学――一九二〇－一九四〇年』（二〇一八年）の共編者チャールズ・フェラルとドゥーガル・マックニールは、フリードマンの提唱する「惑星的モダニズム」[12]について、「モダニズムがなんでも意味するというのなら、とくに何も意味しないことになる」と酷評している。きわめて厳格な歴史主義的立場をとるフェラルとマックニールは、「モダニズム」という用語自体にも懐疑的である。確かに、ある特定の地域と時代に生みだされた多様な文学作品群をモダニズム（ズ）と呼ぶことに（たとえ複数形であっても）どれほどの分析的有用性があるのかは不明である。ある文化的現象をモダニズムと呼ぶならば、それは文学／文化を具体的な実践であるとともに概念化、体系化された思想ないし理論として考えることである。そして、思想や理論は定義上、特定の地域や文化を超越しうる普遍的適用可能性を前提とする。その意味において、あえて「モダニズム」を論じるということは、必然的に脱歴史文脈的なプロジェクトとなる。

カルチュラル・スタディーズとポストコロニアル／グローバリゼーション研究のあいだにはつながりや共通点も少なくはないが、フェラルとマックニールが前提としているように、少なくとも表面的には、両者はしばしば地域主義とグローバリズム（拡大主義）、あるいは歴史主義と理論のあいだの対立図式を構成している。そうした図式に当てはめるならば、本書のアプローチは時間と空間の射程においては拡大主義的であり、一般的な意味での歴史主義よりは理論的である。ある思想が形成され実践される歴史的背景や文脈を調査することは重要であり、特定の時代と地域で生みだされるテクスト群を精査することに高い学術的・社会的意義があるのは指摘するまでもない。だが、サイードが一九八〇年代の論考「旅する理論」で考察したように、ある思想や実践が時代と地域を横断的に「旅をする」過程を検証することも、実証主義や文脈主義とは別のかたちで歴史とかかわることなのではないか。あるいはまた、レイモンド・ウィリアムズが『田舎と都会』（一九七三年）で指摘したように、ひとつの文学的主題（ウィリアムズにとっては「田舎と都会」）が「異なる時間と異なる場所で、究極的には共通の歴史とみるべきもののうちに、つながりをつくるプロセスである」[13]ことを認識するためには、それなりの長さと広さをもつ時空間的パースペクティヴをもつ必要があるのではないか。

ひとりの人間でさえ、複数の時代を生き、しばしばいくつかの地域をまたいで活動している。たとえば、C・L・R・ジェームズは現在、一九三〇年代の英国の左翼政治の文脈において再評価されつつある思想家だが、彼自身は二〇世紀をほぼ丸ごと生きた人物である。地理的にもカリブ海地域、英国、アメリカ合州国のあいだを物理的に移動して活動しただけでなく、彼の思想は（みずから居住したのではないとしても）アフリカ諸国の独立運動の理論的支柱になった。歴史を人間の生きた経験として思考するのであれば、ひとりの人間が実際に生きて活動するだけの時間と空間の広がりを射程に入れることは、それもまた十分に歴史主義的だといえるのではないか。二一世紀の研究者はむしろ、モダニストたちに学ぶべきかもしれない。ヴァージニア・ウルフは『ダロウェイ夫人』（一九二五年）でロンドンのある一日に歴史を凝縮してみせたが、『歳月』（一九三七年）では五〇余年の年月を視野におさめることによって、歴史のリズム――潮の干満のごとく「気分がやって来る、気分が去っていく(The mood comes, the mood goes)[14]」かのような――を再演することができたのである。

しかしながら、「惑星的モダニズム」のような極端に抽象化されたモダニズム、モダニティの定義を筆者は採用しない。フリードマンの主張によれば、モダニティとはいかなる地域、時代においても起こりうる異文化とのコンタクト・ゾーンであり、そこにはさまざまなモダニズムの表現形式が存在しうる。モダニズムはいわば、マッシュルームのように世界のあらゆる場所と時間に発生し、さまざまに結びつきあってネットワークを形成している。植民地支配はコンタクト・ゾーンのひとつのあり方であるが、唯一のものではないという。マイケル・ノースは近著『現在とは何か』（二〇一八年）で、モダニズムの時空間的拡大と複数化を批判しており、とくに時間的同時性はモダニティを論じる際の前提であり、「モダンなるものの歴史的単独性が消失すると、モダニズムのような概念の必要性がなくなる」[15]と指摘している。モダニティ／モダニズムの同時代性の前提が失われることの帰結は、ポストコロニアル批評の観点からするとより深刻である。たとえばフリードマンは、一九五〇年代、六〇年代に書かれたアフリカ文学はモダニズム文学であり、西洋のモダニズム文学とは緩やかなネットワークによってつながっていると主張する。[16]このネットワーク・モデルの問題点は、文化のあいだの水平な関係性を強調するあまり、近代のグローバル資本主義が地域間にもたらした物質的格差や階層構造を考慮に入れず、結果的にそれらを隠蔽してしまっていることである。

本書においては、モダニティという用語はあくまでグローバル資本主義を前提とした概念として使用する。そしてモダニズムはグローバル資本主義への応答、批判、抵抗の理論化およびその諸実践であると定義する。「近代化理論」および「中心と周縁」モデルには批判的であるべきだが、植民地化以降のグローバルな分業体制によってつくりだされた二〇世紀の文化布置の政治性に目を向けることこそが、現代のモダニズム研究には求められているのではないか。

本書は方法論的には（狭義の）カルチュラル・スタディーズではないが、むしろその原点にあった「文化」という問いには忠実であろうとする。「文化とはふつうのもの」（一九五八年）でレイモンド・ウィリアムズは、文化にはふたつの側面があると述べている。すなわち、ひとつ目は「その構成員が習得している既知の意味と方向性」であり、ふたつ目は「提示され、試される新しい観察と意味」であるという[17]。前者は伝統的で共同体的なもの――人びとの日常的な生活のなかで共有されるもの――としての文化であり、後者はより創造的、個人的なものとしての文化である。一見すると両者は相矛盾するが、ウィリアムズによれば、ふたつの意味の文化が共存しているのが人間の社会と精神の「ふつうのプロセス」である。

文化はつねに伝統的であるのと同時に創造的であり、もっとも日常的な共有された意味であるのと同時に最良の個人的な意味でもある。わたしたちは文化という語をこのふたつの意味で用いる。つまり、ひとつの意味はくらしのありようの総体――共有された意味群――であり、もうひとつは芸術や学問――発見と創造的努力の特殊なプロセス――である。【18】

一般的なカルチュラル・スタディーズの実践者は、文化を前者の意味(「くらしのありようの総体」)としてのみとらえ、多数派の文化の現実肯定的な記述主義に陥りがちである。だが、ウィリアムズはけっして、芸術や学問といった営みを少数エリートのハイ・カルチャーとみなして否定したのではなかった。むしろ「ふつうのもの」としての文化のなかにこそ、共同体の日常を変革していく創造性を見いだしていたのである。本書が提案するモダニズム研究は、ウィリアムズによるこのような文化についての考え方に倣っている。モダニズムを過去の特定の文化事象として静的に記述するのではなく、あるいは極端な抽象化に陥るのでもなく、モダニストたちをウィリアムズのいう第一の意味での文化のなかに生きつつ、第二の意味での文化を実践した人びとだと考えるところから、筆者の思考と探究は出発している。それは、モダニストたちの創造的な努力によって、わたしたちの文化がつくりなおされてきた軌跡を辿りなおすという仕事である。

*

本書の各章の概要は以下のとおりである。

第一章では、モダニズムの「歴史感覚」という（すでに古典的ともいえる）テーマを再考し、時間の概念、主体および物質的基盤の問題系を軸に検討していく。また、モダニズムの歴史感覚が二〇世紀後半に継承された例としてエドワード・サイードの『始まり』（一九七五年）を再読し、モダニズムの時間感覚と主体をめぐる問題系がフランス構造主義を経由していかに理論化されていったかを考察する。ヴァージニア・ウルフとC・L・R・ジェームズのマテリアリズムが七〇年代以降のフェミニズム思想と活動に与えた影響についても、第一章で簡単に概観しておく。

第二章、第三章ではコンラッドを中心に論じる。第二章では初期の意欲作『ナーシサス号の黒人』（一八九七年）に焦点を当て、映画の黎明期に書かれたこのテクストが、ベンヤミンのいう「技術的複製可能性の時代」に出現した「大衆」を歴史の主体としてどのように出現させたか、いわゆる「語りの構造」というコンラッド的形式の問題を再考しつつ論じていく。この章では、サイードの一九八〇年代の鍵概念である「フィリエーション」（血縁関係に基づいた共同体）と「アフィリエーション」（契約によって形成される社会）の関係を再考し、コンラッドの海洋小説の単純化されたプロットを、船というヘテロトピア空間にフィリエーションを模倣したアフィリエーション社会を出現させるプロセスとして読解する。第三章では、コンラッドの自伝『個人的な記録』（一九一二年）と第一次世界大戦中に執筆された自伝的な小説『シャドウ・ライン』（一九一六年）を中心に扱い、サイードの『晩年のスタイル』（二〇〇六年）の議論を手がかりにして、モダニズムの時間感覚における「晩年」「遅延」という主題を考察する。また、コンラッドが自身のトランスナショナルな経験をきわめて実験的な形式で表現しようとしたことは、近代資本主義が膨張を続け世界戦争へと突入していく「人間の歴史」を書くための形式の模索でもあったことを、自伝的テクストの読解をつうじて検証する。

第四章では、ヴァージニア・ウルフと「ふたりのジェームズ」のあいだの意外な関係と共通点を考察する。まず、ウルフのエッセイ『三ギニー』とC・L・R・ジェームズのハイチ革命史『ブラック・ジャコバン』を同じ一九三八年にイギリスで出版されたテクストとして並行して読解し、両者を宗主国（中心）と植民地（周縁）の関係でとらえるのではなく、ともに被抑圧者（女性、奴隷、被植民者）の歴史を再構築する試みであり、同時に被抑圧者が歴史の主体となる未来へのマニフェストでもあるという共通点を軸にして議論する。そして、これらのテクストがたんに歴史を記述しただけでなく、みずから未来の歴史をつくりだそうとする行為遂行的《パフォーマティヴ》な宣言であったこと、ふたりが別々の文脈で描いた未来が三〇年余り後に第二波フェミニズムの社会運動へと受けつがれていったことを、セルマ・ジェームズ（一九三〇―）の七〇年代から八〇年代にかけての著作と活動を考察することによってあきらかにする。

第五章と第六章では、ウルフとC・L・R・ジェームズの「晩年」を取りあげる。第五章では、第二次世界大戦開戦直前に書き始められ、一九四一年の自死によって未完に終わったウルフの自伝「過去の素描」を論じる。自伝の草稿や日記を参照しながら、晩年期のウルフがフロイト理論に批判的に応答しつつ「クィアな自伝」を書くことによって、みずからが確立してきたライフ・ライティングの理論をあらたにつくりなおそうとしたプロセスを再現する。第六章では、C・L・R・ジェームズが三〇年代から六〇年代にかけてハイチ革命史を書きなおす過程を考察する。ジェームズ自身、歴史をつくる主体としての「大衆」の概念を、第二次世界大戦後の文化理論やメディア論の影響下でいかに変容させていったのか、ふたつの戯曲『トゥサン・ルヴェルチュール』（一九三四年執筆、三六年ロンドンで上演）と「ブラック・ジャコバン」（六〇年代に改稿、上演）を比較することによって検証する。第六章のエピローグとして、一九八二年にセルマ・ジェームズらが中心になって実行したセックスワーカーによるロンドンの教会占拠運動を紹介し、モダニズムの革命思想が新自由主義時代の幕開けの時期の英国においても再演され続けていたことを示す。一九九〇年代以降「終わった」もの、過去のものとみなされてきた第二波フェミニズムの運動と思想を再発見し、その今日におけるアクチュアリティを再評価することもまた、本書の隠れた目的のひとつである。

本書は、序章と第一章は書下ろし、第二章以降は既刊論文を大幅に加筆補正したものである。二〇〇四年九月にポーランドで開催されたコンラッド学会で『個人的な記録』論を口頭発表したときから計算すると、本書の執筆には一五年もの歳月をかけたことになる。学会のテーマ「コンラッドのヨーロッパ」は、同年春にEUに正式加入し、ヨーロッパ統合の未来に期待を抱いていた当時のポーランド社会の空気をよく表わしていた。しかし、さきにも触れたとおり、前年の春には米国と英国がイラク戦争を開戦していた。反戦を訴える知識人のひとりでもあり、一九七二年にポーランドで初めて開催されたコンラッド学会の参加者でもあったエドワード・サイードは、同じく二〇〇三年の秋に亡くなっていた。二〇〇四年の学会の直後には、米国大統領選で共和党のジョージ・ブッシュ・ジュニアが再選を決めている。当時、筆者自身は現在の勤務先である国立大学に着任してまもなく、新しい職場の知的環境におおいに刺激を受け、研究意欲をかきたてられていた。しかし二〇〇四年の春には日本の全国立大学は独立行政法人化しており、新自由主義的大学改革の下準備が進行しつつあった。その後の一五年で顕在化し、深刻さの度合いを強めていくことになる国際政治の混乱と暴力、大学と学問の荒廃、経済と社会の危機的状況は、二〇〇四年の時点ですでにその萌芽が現れていたのである。

情報網が加速度的に密度を増し、刻々と移り変わるようにみえる現代社会の情勢にたいして、一五年の歳月をかけた研究が直接応答することはできない。しかし、研究を継続していく過程で、当初から意識的に探究していたわけではないいくつかの重要なテーマが浮かびあがってきたのは、この一五年間の筆者自身の経験と無縁ではない。そのようなテーマのひとつは、「戦争」である。二〇世紀のふたつの世界大戦は、本書で論じる作家たちの生を根本から破壊し、つくりなおすできごとだった。米国同時多発テロとイラク戦争で始まった二一世紀において、二〇世紀のファシズムに近似した右派ポピュリズムの世界的な台頭とともに、〈明日の戦争〉の影は今日のわたしたちの日常に忍びこんでいる。

もちろん、二〇世紀前半と現代では社会基盤のあり方は大きく変容している。グローバル資本主義は第二次大戦後の各国の福祉国家体制をすっかり飲みこんで、新しい世界システムに再編した。地球の北側の経済先進国では、戦争は工場とともに、世界の裏側へと移転した。「総力戦」といわれた世界大戦とは違って、先進国の住人にとっては、戦争はどこか別の場所で起こるゲームのように思える。とすれば、時代や社会の変遷を超えて、わたしたちはなぜ、過去の亡霊を現代に呼びおこすのだろうか。『ルイ・ボナパルトのブリュメール一八日』におけるマルクスの至言によれば、人間とは、危機の時代にこそ亡霊たちに助けを求め、「そうした由緒ある扮装、そうした借りものの言葉で新しい世界史の場面を演じる」生き物だという。【19】未来を語る言葉がないとき、わたしたちは過去の言葉を借りてくる以外に、それを語るすべをもたない。

もうひとつ、当初は想定しておらず、研究の途上で発見したテーマは「晩年」である。サイードの遺作『晩年のスタイル』の影響もあるが、この一五年のあいだに筆者自身が年齢を重ね、人生の晩年期を生きるということの意味を少しずつ理解できるようになったからかもしれない。自伝を書くことは、典型的な晩年期の仕事である。また、同じモチーフを何度も反復したり、時代に合わせて書きなおして再演したりするには、ある程度の期間生きていることが必要条件となる。C・L・R・ジェームズの『境界を越えて』（一九六三年）はクリケット史の書であるとともに彼自身の自伝でもあるが、その冒頭で、当時六〇代にさしかかっていたジェームズは、「ヘーゲルはどこかで、老人は子どものとき繰りかえしていた祈りを、いまや一生分の経験とともに繰りかえすと言っていた」と述べている。[20] 幼少期の個人的な体験が、人生の持続期間において空間的、時間的に行きつ戻りつすることによって、普遍性と公共性を獲得する歴史的経験となる。人間の経験としての歴史を書くということは、寿命という人間の身体の有限性を十分に認識したうえで、身体の限界に果敢に挑戦することでもある。

第一章　時間、主体、物質——モダニズムの歴史感覚

一　過去の衣裳をまとう

C・L・R・ジェームズが故郷のトリニダードを離れて英国に渡ったのは一九三二年、移住の動機は小説家になるためだった。長編小説『ミンティ通り』の草稿は、トリニダードでほぼ完成させていた[1]。しかし移住後のジェームズは、すぐに三〇年代英国の左翼政治に惹きつけられ、反植民地運動とマルクス主義に没頭していった。「小説を書く気持ちは私のなかから失せ、その代わりに政治がとりついた。私はひとりのマルクス主義者、トロツキー主義者になったのだ[2]」。クリケット記者として生計を立てながら執筆活動を続けたジェームズだが、

彼の三〇年代の代表作となったのは小説ではなく、ハイチ革命史『ブラック・ジャコバン』（一九三八年）だった。

『ブラック・ジャコバン』初版への序文に、ジェームズは次のように書いている。「偉大な人間が歴史をつくるが、みずからつくることが可能な歴史しかつくることはできない[3]」。この言葉は、カール・マルクスの『ルイ・ボナパルトのブリュメール一八日』（一八五二年）の第一節に現われる有名な一文――「人間は自分自身の歴史をつくるが、自分が選んだ状況下で思うように歴史をつくるのではなく、手近にある、与えられ、過去から伝えられた状況下でそうするのである[4]」――に呼応している。『ブリュメール一八日』は一八四八年に勃発したフランス二月革命の軌跡を分析した歴史書であり、一七八九年に始まったフランス革命に連動して起こったハイチ革命（一七九一－一八〇四年）は二月革命に六〇年近く先行している。しかしジェームズは、意図的に時系列を逆転させ、『ブリュメール一八日』のマルクスの歴史観をハイチ革命の理論枠として参照したのである。

ジェームズがマルクスから受けついだ歴史思想を要約すると、おそらく以下のようになる。歴史をつくる主体はあくまで人間である。自然が、あるいは生命のないモノが、歴史をつくるわけではない。だが人間は、自由につくりたい歴史をつくることができるのではない。人間はつねに自分の置かれた歴史的、社会的状況に支配されており、その状況下で可能なかぎりの歴史しかつくることはできない。このことは一般的な意味での基盤決定論であるとともに、おそらく次のことも意味する。革命とは旧体制を打破して新しい歴史をつくりだすことであるとしても、その歴史の材料として、旧体制の遺物を利用するしかないのだ。さきに引用した『ブリュメール一八日』の一文に続けて、マルクスはさらに次のように述べている。

そして、生きている者たちは、ちょうど、自分自身と事態を変革し、いまだになかったものを創り出すことに専念しているように見える時に、まさにそのような革命的な危機の時期に、不安げに過去の亡霊たちを呼び出して助けを求め、その名前や闘いのスローガンや衣裳を借用し、そうした由緒ある扮装、そうした借りものの言葉で新しい世界史の場面を演じるのである。[5]

「いまだなかったものを創り出す」「革命的な危機の時期」にこそ逆説的に、過去は反復されるのだと、マルクスはいう。そもそも未来が過去、現在と一直線につながっていると信じられる時代であれば、過去の亡霊などあえて探しまわる必要はない。それが必要になるのは、ある日突然、日常の延長線上に未来が思い描けなくなったときである。そんなとき人間は、ただ慌てふためいて「過去の亡霊たち」や「過去の衣裳」「借りものの言葉」にすがりついてしまう。

『メタヒストリー』（一九七三年）でのヘイドン・ホワイトの指摘によれば、マルクスの歴史叙述の目的は歴史を決定する法則を導きだすことであり、歴史を書くこととはそうした法則、すなわち下部構造と上部構造の関係を支配する因果律をナラティヴのかたちで示すことである。「原子的な事実ないし、ある種のできごとが起こったことの文書による証拠〔……〕の形態での歴史のデータは、マルクスの見解によれば、〈基盤〉と〈上部構造〉という概念によってもたらされる、歴史的に意味のあるできごとのふたつのカテゴリーに、それらが包含されることによってはじめて、理解可能なものになる」「これらの統語論的原則は、〈基盤〉と〈上部構造〉のあいだの関係を支配する機械的因果律の法則にほかならない[6]」。一九三〇年代のジェームズは、歴史叙述の方法論においてもマルクスに倣おうとした。つまり、ハイチ革命の歴史を書くことは、歴史的事象を個別のコンテクストに沿って記述することではなく、ひとつの事象のなかに普遍的な歴史の法則を見いだし、歴史を因果律のプロットをもつ物語として語ることだった。革命史の最終の数ページでジェームズは、ハイチ革命はたんに一八世紀末のできごとなのではなく、二〇世紀の植民地独立運動のナラティヴにもなりうると主張している。[7]

「一度目は偉大な悲劇として、二度目はみすぼらしい笑劇として」という『ブリュメール一八日』の冒頭の名句に象徴されるように、二月革命に失望したマルクスは歴史の反復性を洞察していたが、歴史の因果律の最終的な帰結であるプロレタリア革命に到達するためには、「過去の衣裳」はなるべく早く脱ぎ去るべきだと考えていたようである。「一九世紀の社会革命は、過去から詩情を汲み取ることはできないのであり、未来から汲み取るほかはない」[8]。一方、ジェームズ自身は、三〇年余りにわたってハイチ革命の歴史を書きなおし続ける過程で、革命が「過去の衣裳」をまとうことの意味を、歴史からの不幸な逸脱なのではなく、より根源的な問題として思考するようになっていった。フランク・ローゼンガルテンの評伝によれば、一九五〇年前後のジェームズの書簡から、この時期のジェームズがヴァルター・ベンヤミンの『パサージュ論』を読み、高く評価していたことがわかるという。[9] 一八九二年生まれのヴァルター・ベンヤミンは年齢的にはジェームズと数歳しか変わらず、ジェームズの前半生はベンヤミンの生きた時代と重なっている。第二次大戦後のジェームズがベンヤミンの文化理論や歴史思想に共感し、影響を受けたであろうことは想像に難くない。「歴史の概念について」（一九三九年執筆）のなかでベンヤミンは、マルクスの「過去の衣裳を借りる」という表現をもじって、次のように述べている。「ロベスピエール〔……〕にとって古代ローマは、現在時が充満した過去であった。このような過去を彼は、歴史の連続を打ち砕いて取り出したのだった。〔……〕ちょうどモードが過去の服装を引用するように、フランス革命は古代ローマを引用した」[10]。ベンヤミンにとっては、新しい時代をつくるということは「均質で空虚な」近代の時間性そのものを棄却することである。フランス革命が古代ローマの衣裳をまとったのはたんなる時代錯誤ではなく、過去の再演は〈新しさ〉の必要条件だった。『境界を越えて』のなかでジェームズは、ベンヤミンにきわめて近い歴史感覚を次のように表現している。

電気のシャンデリアで照らされた《ゲルニカ》の計り知れないほどの混乱のなかにピカソは、原始的なオイル・ランプを伸ばした腕で掲げているひとりのギリシャ人の顔を描きこんだ。古代ギリシャのランプは今日でもしっかりと燃え続けている[11]。

電気シャンデリアと二〇世紀前衛芸術の〈新しさ〉は、オイル・ランプと古代ギリシャ人の亡霊を呼びおこすことによってはじめて実現すると、ジェームズもまた洞察していた。『境界を越えて』でジェームズはしばしば古代ギリシャの原始民主制を近代政治のモデルとして引き合いに出しており、その意味でも彼は、まさに過去の衣裳をまとうことによって近代を超越しようとしたモダニストのひとりだった。

W・B・イエイツの「ガイア」、T・S・エリオットの「歴史感覚」、ヴァージニア・ウルフの「意識の流れ」など、英国のモダニストたちもまた、独自の時間性の概念を模索し、作品のなかで実践してきたことはよく知られている。『過渡期の英国文学』(二〇一八年)に収録された論考「歴史——過渡期の過去」でゲイブリエル・マッキンタイアは、一九二〇年代から四〇年代の作家たちの多くが「現在時において、いまの変化を想像し、駆りたてつつ、混乱した自分たちの時代の醒めた現実に逆らいながら、過去を書いた」と述べている。[12] マイケル・ノースは近著『現在とは何か』(二〇一八年)で、モダニズムの時間感覚につながる時間概念の系譜を古代ギリシャ哲学に遡って概観し、ヨーロッパ哲学の時間論はキルケゴール以降、「クロノス的時間」(時計で計測される客観的な時間)と「カイロス的時間」(主観的に経験される時間)という対立軸をめぐって展開されてきたと指摘している(この系譜については、フランク・カーモードが一九六七年刊行の『終わりの感覚』で最初に指摘した)。ノースによれば、労働を時間に換算することによって交換価値をもつ商品とする資本主義システムを批判したマルクスもまた、クロノス的時間の批判者の系譜に属している。「〔キルケゴールとマルクスは〕近代化された生の状態は時間を原子化し、時間が価値づけされるための実態的な質がまったくない、無意味で均一な単位にしてしまったという点で、同意していたようである」[13]。マルクス、ベンヤミンの系譜上に位置づけるならば、モダニズムのカイロス的時間感覚はハイ・モダニズムの形式の問題にとどまるものではなく、それ自体が近代資本主義への抵抗の思想にもなりうる。

第二次世界大戦後のジェームズは、皮肉にも、保守派の詩人T・S・エリオットの作品を愛読していた。一九六三年版の『ブラック・ジャコバン』の補遺として書かれた「トゥサン・ルヴェルチュールからフィデル・カストロへ」という論考のなかで、ジェームズはエメ・セゼールの『帰郷ノート』を論じる際に、エリオットの『四つの四重奏曲』を引用し、両者の歴史観が根底において同一であると指摘している。この「補遺」と同時期に執筆されていた『境界を越えて』のなかでジェームズは、エリオットが自分にとって「特別な価値」をもつのは、「私はそこに、自分が真っ向から反対している考えが他の誰よりも美しくかつ適確に表明されているのを見いだすから」[14]だと、エリオットの政治的見解には留保をつけつつ、美的価値を賞賛している。さらに彼は、自身の論集『現在のなかの未来（The Future in the Present)』（一九七七年）『存在の諸領域（Spheres of Existence)』（一九八〇年）の題名に『四つの四重奏曲』の詩句を選んでおり、「真っ向から反対している考え」の具現化であるかどうかはともかくとして、この詩にはとくに傾倒していたようである。

「伝統と個人の才能」（一九一九年）の有名な一節で、「過去の過去性だけではなく、その現在性をも知覚すること」「時間的なものとともに無時間的なものを感じること、そして無時間的なものと時間的なものをいっしょに感じること」[15]と定義されるエリオットの「歴史感覚」は、ジェームズお気に入りの『四つの四重奏曲』では、以下の詩句によって変奏されている。

現在の時間と過去の時間は
どちらも未来の時間のなかに現前する
そして未来の時間は、過去の時間のなかにある。[16]

ここでは不可能な結合が
存在の諸領域において現実となる、

ここでは過去と未来が
征服され、和解する、
あるいは、そこでは行為は運動となる
ただ動かされるのみで
みずからのうちに運動の源をもたないものの[17]——

ふたつめの詩句は「ドライ・サルヴェージズ」第五節からの引用で、ジェームズ自身も「トゥサン・ルヴェルチュールからフィデル・カストロへ」のなかで引用している。この詩句のひとつの特徴は、「存在の諸領域」という空間の「不可能な結合」が、「過去と未来」というふたつの時間性の「征服」ないし「和解」と並列されている点である。ジェームズはこれを、たんに植民地と宗主国の空間的関係を時間軸上の位置関係におきかえるというのではなく、存在の不可能な結合がクロノス的時間を超越して新しい歴史の時間を開始することだと解釈したのだろう。[18]

二　歴史をつくるのは誰か

C・L・R・ジェームズが引用したエリオットの詩句の後半部分は、歴史を思考するうえでのもうひとつの重要な問題系、すなわち歴史の主体をめぐる問題の詩的具現化でもある。「あるいは、そこでは行為は運動となる／ただ動かされるのみで／みずからのうちに運動の源をもたないものの――」。さきに引用した『ブラック・ジャコバン』の序文の一文、「偉大な人間が歴史をつくるが、みずからつくることが可能な歴史しかつくることはできない」が意味するところは、人間は歴史のなかの行為者《アクター》ではあるが、行為の源泉を自己のうちにもたず、他律的に動かされる主体でもあるということである。

そうした「偉大な人間」のひとりであったハイチ革命の指導者トゥサン・ルヴェルチュールは、志半ばにして失脚し、ナポレオンに捕らえられてフランスで獄死した。ジェームズが描いたハイチ革命の悲劇とは、革命の指導者の構想した歴史が挫折することであり、その挫折は指導者が大衆の意志から徐々に乖離していったことに起因する。トゥサンの死後、ハイチの大衆は革命をトゥサンが思い描いていたのとは別の方向へと推し進め、ハイチはフランスから独立を勝ちとるが、皇帝による独裁体制を選び、フランス共和国と同じ道程を辿ることになる。つまり歴史を実際につくったのは「偉大な人間」ではなく名もなき大衆だったのだが、そこでつくられた歴史はかならずしも理想的な歴史ではなかった。三〇年代のジェームズは「大衆（the masses）」を肯定的に評価しており、この語を「労働者（workers）」や「人民（the people）」などと互換的にもちいることが多かった。しかし、改稿された劇場版「ブラック・ジャコバン」と一九三六年にロンドンで初演された戯曲とされる『トゥサン・ルヴェルチュール』を比較すると、一九六〇年代のジェームズはハイチ革命の成果について悲観的な見方を強めていたことがわかる。[19]

ジェームズが『ブラック・ジャコバン』執筆の際に参照したマルクスの『ブリュメール一八日』には、大衆行動を分析した有名な一節がある。一九四八年の二月革命の失敗の人為的要因のひとつとしてマルクスは、フランスの農民大衆が革命によって選挙権を獲得したにもかかわらず、結果的に自分たちの利害をまったく代表しないルイ・ナポレオンに投票してしまった事実に注目する。「分割地農民」と呼ばれるこの大衆は、ナポレオン法典によって出現した小規模自作農のことであり、フランスの人口構成においては「巨大な大衆」を成しているが、それぞれが孤立して自給自足しており、互いの交流はない。

何百万もの家族が、その生活様式、利害、教育を、他の諸階級の生活様式、利害、教育から切り離し、他の諸階級に対立させるような経済的生活用件のもとで生活しているかぎりで、彼らは一階級を成している。分割地農民間には地域的な関係しかなく、利害が一致することで、団結するとか、全国的なつながりや政治組織ができるということがないかぎりでは、彼らは階級を成していない。だから彼らは、自分たちの階級的利害を、議会を通じてにせよ、集会を通じてにせよ、自分自身の名で主張することができない。彼らは、自分で自分の代表を出せないので、代表してもらわなくてはならない。[20]

孤立した個人の集団としての「大衆」は、利害の一致によって団結し、政治的な組織を形成することができない。その意味においては、大衆は社会を変革し、歴史をつくりかえる主体としての「階級」にはなれない。この農民大衆は保守的な偏見にとらわれ、既存の権威に安易に同一化しようとする無知蒙昧な群衆であると、マルクスは批判的に記述している。[21]しかしマルクスのすぐれた洞察は大衆の後進性の指摘にあるのではなく、大衆が真の意味での革命の担い手になりえない原因が、みずから階級を組織できないがゆえに「代表してもらわなくてはならない」という社会構造にあることを見抜いた点にある。大衆が普通選挙でルイ・ナポレオンを選んだとしても、真の意味で歴史をつくる主体ではない。この場合の大衆は、あくまでブルジョワ社会の基盤によって規定され、駆動される存在でしかない。大衆が真の意味で歴史を動かすためには、プロレタリア階級として組織化されなくてはならない。

『オリエンタリズム』（一九七八年）を書いていたころのサイードはまだC・L・R・ジェームズを意識的に「発見」してはいなかっただろう――彼がジェームズを本格的に論じるには、『文化と帝国主義』（一九九三年）まで待たねばならない――が、マルクスのこの一節からは独自にインスピレーションを受けていた。「彼らは、自分で自分の代表を出せないので、代表してもらわなくてはならない」というマルクスの一文は、『オリエンタリズム』のエピグラフのひとつに選ばれている。ドイツ語の「代表する（vertreten）」の英訳として使われるrepresentという動詞は「代表する」と「表象する」のふたつの意味を兼ねているが、サイードは英語（およびフランス語）では両者が混同される点を意識しつつ、彼のいうrepresentationとは「正確さ」や「オリジナルへの忠実さ」が問題となる「表象」ではなく、マルクスのいう「代表」の作用であると指摘している。「したがって、私がオリエンタリストのテクストを分析する際に力点を置くのは、オリエントの「自然な」描写としての表象（representation）ではなく、代表としてのリプレゼンテーション（representations as representations）の、けっして不可視ではない兆候である」[22]。つまりオリエンタリズムにおいて問題となるのは、「オリエントの人びと」を誤って表象していることなのではなく、西洋人が「オリエントの人びと」に代わって発言しているということであり、それを可能にする形式や社会状況なのである。「注目すべきは、文体、発話の修辞、背景設定、物語装置、歴史や社会の諸条件なのであって、表象の正確さでも、なんらかの偉大な原典への忠実さでもない〔23〕」。

『オリエンタリズム』のサイードは、西洋オリエンタリズムの言説のなかで「オリエントの人びと」が「自分で自分の代表を出せない」状態を強いられてきた歴史的プロセスを記述しようとした。しかし彼は、みずから立ちあがって歴史をつくる人間的主体の可能性を否定したのではない。『オリエンタリズム』の理論的枠組みがミシェル・フーコーの言説概念に依拠しているとサイードは自身で述べているが、その際、フーコーとの重要な分岐点は「作者」という主体を棄却していないことだと明言している。「だが私は、私がその著作に多くを負っているミシェル・フーコーとは違って、オリエンタリズムのような言説編成を構成する、無名であるはずのテクストの集合体のうえにも、個々の著作家を決定する刻印が押されていると考えている〔24〕」。「旅する理論」（一九八三年）でのサイードは、『セクシュアリティの歴史』第一巻のフーコーが抵抗する主体の可能性を抹消している点を明示的に批判している。サイードによれば「マルクス主義的経済主義に陥らないようにというその熱意のあまり、フーコーはみずから論じる対象である社会における階級、経済、反逆、反乱などのそれぞれの役割を消し去って」しまったのであり、「歴史は労働、意図、抵抗、努力、闘争なしにはつくられないこと、さらにこれらのいずれも権力の微細なネットワークに無抵抗では吸収されないことを、私たちに忘れさせることを〔フーコーに〕許してはならない」と主張する。[25]

C・L・R・ジェームズとは違って、サイードが主体の問題を考察する際には、「大衆」という集合性よりはむしろ「作者」や「批評家」、後には「知識人」といった個人――ジェームズの言葉を借りれば「偉大な人間」――をイメージしているようにみえる。ロバート・ヤングは『白い神話』（一九九〇年）のなかで、オリエンタリズムに対立する意図としてシステムの外側に位置づけられるサイード型知識人は、「宇宙の全体性に対峙するロマン主義的存在[26]」であると指摘した。しかし、『知識人の表象』（一九九四年）でサイードが、「知識人とは、亡命者、周辺的存在、アマチュアであり、権力に向かって真実を語ろうとする言葉の作者（the author of a language that tries to speak the truth to power）である」「私にとってなにより重要な事実は、知識人が、公衆に向けて、あるいは公衆のために、メッセージなり、思想なり、姿勢なり、哲学なり、意見なりを表象＝代弁し（representing）、具現化し、明晰に言語化できる能力にめぐまれた個人であるということだ[27]」などと明言するとき、彼が想像しているのは、知識人という個人が、亡命者や周辺的存在、あるいは公衆といった集合的主体と一体化して発言することが可能となるような、ある種のユートピア社会なのではないか。

　代表する者と代表される者のあいだの差異が消失し、個が集合と一致するというユートピア――エリオットの詩句を借りれば「不可能な結合」――は、C・L・R・ジェームズの大衆論とも無縁ではない。彼にとってクリケットは、古代ギリシャの演劇と同じ意味において理想的な大衆芸術だった。いわばそのクリケットの競技において、「不可能な結合」の詩的ヴィジョンは一瞬実現するのである。

> クリケットでボールを迎えようとしている打者は、みずからのチームを代表しているだけではない。その瞬間、あらゆる意志と目的において、彼はみずからのチームそのものなのだ。〈一〉と〈多〉、〈個人〉と〈社会〉、〈個〉と〈普遍〉、指導者とそれに従う者、代表者と一般人、部分と全体というこの根源的な関係性が、クリケットをする者には構造的に課されている。[28]

三　エドワード・サイードの「始まり」という問い

〈遅れてきたモダニスト〉とでも呼ばれうるサイードは、C・L・R・ジェームズに辿りつく前に、あるモダニスト作家から決定的な影響を受けていた。彼の博士論文のテーマでもあった作家、ジョゼフ・コンラッドである。『始まり――意図と方法』（一九七五年）は、サイードが『オリエンタリズム』よりさらに以前に主体の問題をきわめて理論的に考察していたことをあきらかにする重要な著作であるが、同時に彼の近代小説論でもあり、その批評意識と価値観の前提にはコンラッドの小説の読解があった。

『始まり』は、九〇年代以降の批評ではとくにヴィーコの影響が重視され、サイードが終生にわたって人文主義を貫いてきたことの根拠とみなされる傾向にある。[29] しかし刊行当時は、脱構築批評（著者自身の言葉では「不気味な批評」[30]）の一種として受容されていたという。サイードの著作のなかでもとくに難解な書であり、フランスの構造主義およびフーコーの批判的検討に一章が割かれていることからも、彼が同時代のフレンチ・セオリーをいち早く受容していたことがわかる。同時にサイードは、いわばヴィーコとフーコーのあいだに、独自の近代的主体と小説の理論の「始まり」を打ちたてようともしていた。

『始まり』の序論で、サイードは以下のような言葉を連ねて「始まり」とは何かを定義しようと試みる。

〔……〕いずれの場合も「始まり」(a "beginning") は、その後の時間、場所、行為を指摘したり、あきらかにしたり、定義したりするために特定される。端的には、始まりを特定することは、一般的にいって、その結果としての意図 (*intention*) を特定することともかかわっている。〔……〕それゆえ、始まりとは、意味の意図的な生産の第一歩である。[31]

できるかぎり一貫して、私は始まりをより能動的な意味をもつ語として使用し、起源をより受動的な意味をもつ語として使う。つまり、「XはYの起源である」が、「始まりAはBを導く[32]」。

「始まり」は「起源 (the origin)」との差異によって定義される。起源 (the origin) は単一だが、「始まり（a beginning）」は複数化されうる。「始まり」は能動的で「起源」は受動的であり、「XはYの起源である」のにたいして「始まりAはBを導く」。つまり「起源」は結果によって遡及的に発見される場所であるが、「始まり」は時間経過をともなう空間的な前進運動として想像されており、そうした動的なイメージは「意図（intention）」という概念に結びつく。別の個所でサイードは、「意図」を「独自のやり方で知的に何かを行おうとする、始まりにある欲求」であり、「意識的であることもあれば無意識のこともある」が、「言語のなかで行われる」と定義している。【33】米国の学界では一九五〇年代から「意図の誤謬（intentional fallacy）」が批判されており、サイードもニュー・クリティシズム以前の「作者の意図」に単純に回帰しているわけではない。「意図」に無意識の領域が含まれ、それが言語のなかでの行為であることを、サイードは前提として了解している。

彼はまた、「反復」というポスト構造主義用語として当時すでに定着しつつあった語をしばしば使用し、作品の独創性という概念に疑義を呈している。たとえば文学について、次のような言葉がある。「つまり、わたしたちは文学を、独創性ではなく反復の秩序として——しかしながら、同一性ではなく反復のエキセントリックな秩序として考察する。【34】ここで反復という用語は、原形対派生形という二元論を避けるためにもちいられる」。『始まり』は基本的には文学論であり、中心的に論じられるのは近代小説であるが、サイードの芸術理論はむしろ音楽をモデルに構築されていると考えると、より理解しやすくなる。サイードにとって反復とは、静止したイメージの鏡像的反復というよりはむしろ、反復される「始まり」の運動である。「始まり」の反復性はおそらく、音楽演奏の反復性に近い。音楽は楽譜をもとにして何度も演奏することが可能であるが、演奏は一回かぎりのものであり、同じ演奏の反復は不可能である。それと同じように、文学作品の「始まり」は、先行する作品を反復しつつも、同時にそれは一回かぎりのパフォーマンスでもある。「始まり（Beginnings）」は、意図的に他のものである意味の生産（a deliberately other production of meaning）を開始する」。そのようにして始められた作品は、先行する作品とは「別の作品」であって、「XやYから降りてきた系統にあるのではない」[35]。

　サイードは、近代小説のプロットそのものも、運動のイメージでとらえている。それは、「権威（authority）」と「妨害（molestation）」という対概念の相互関係として説明される。

　小説家は誰しも、小説というジャンルは発明を可能にしてくれる条件であるとともに束縛であるとみなしている。これらの要素はいずれも時代と文化に縛られており、その度合いが明確にどの程度であるかはいまだ完全には研究されていない。私の仮説は、発明と束縛は――わたしはそれらを「権威」と「妨害」と呼びたいのだが――究極的には小説を保守してきた。なぜなら小説家は、それらがともに始まりの条件だととらえてきたのであって、フィクションの発明を無制限に拡張するための条件だとは考えなかったからである。[36]

「権威」と「妨害」は、ともに小説の「始まり」の条件である。前者は権力（あるいはその権力の体現者）であるとともに、語源的に「作者（author）」すなわち「テクストを始める人」とも結びつく。[37] 後者はそうした作者の権威を妨害し、偽物だと暴くことであり、すべての小説の権威には、この妨害がついてくることになる。「いかなる小説家も、自分の権威が、その権威が完全かどうかにはかかわりなく、実はまがい物であるということ、あるいは語り手の権威がまがい物であるということに、気づいていないわけではない〔……〕。それゆえ妨害とは、それが登場人物であれ小説家であれ、いかさまであること、架空の書かれた王国に閉じこめられていることを意識することである」[38]。こうした近代小説の制度的条件が資本主義のシステムと密接に関係していることを、サイードはマルクスの「資本の原初的蓄積」の物語を参照して解説している。マルクスによれば、封建制が解体して資本主義に移行したとき、ギルドによる規制がなくなってみずからの労働力を自由に売ることができる労働者が誕生した。むろん「自由な労働者」などというのは幻想にすぎず、労働者は生産手段を奪われたあらたな奴隷となった。しかし労働者自身は、自己の人生を自由にコントロールする個人であるとみなしている。小説における「始まり」は、いわばこの「自由な労働者」の幻想である。ヴィクトリア朝の成長小説、たとえばチャールズ・ディケンズの『大いなる遺産』は、こうした個人の自由を追求するプロセスであるとともに、その過程で自由が実は隷属状態であることが暴かれるプロセスでもある[39]。

「始まりの意図としての小説」と題された第三章で、サイードはコンラッド論に多くの紙幅を割いている。コンラッドの海洋小説のプロットは、せんじ詰めれば「船が出航して目的地に着く」というだけの単純なものである。そのあいだの移動の過程でさまざまなできごと——凪、嵐などの自然災害から労働運動まで——が起きて到着は遅延されるが、その遅延によって小説は持続する。なぜなら目的地に着けば、小説はそこで終わってしまう——ゲーム・オーヴァーとなる——からである。しかしサイードによれば、このような単純な構造は、長大な陸地の小説である『ノストローモ』においても原理的には当てはまっている。コンラッドの小説全体が、サイードのいう「権威」と「妨害」の共犯関係を体現しているのだ。さらに重要なことには、コンラッドの小説は「権威」と「妨害」の関係を言語そのものの問題として論じることを可能にする。それらはしばしば一人称の語り手が語る物語の外にフレーム・ナラティヴがある入れ子状の構造になっているが、この語りの構造そのものが、小説のプロットにたいする「妨害」なのである。

『闇の奥』（一八九九年）は、コンラッド特有の入れ子状の語りの構造をもつ代表作である。そこでは一人称の語り手マーロウが、アフリカの大河を運航する貨物船の船長として赴任し、奥地の駐在所でクルツという人物に出会った体験談を語る。小説の最初と最後には、マーロウがロンドンのテムズ川上の船の上で船乗り仲間にこの話を語っているというフレーム・ナラティヴがついている（アフリカの地名は小説中には現れないが、舞台はベルギー領コンゴ、大河はコンゴ河と推測されている）。マーロウの語りは、クルツのいる物語の中心部へとつねに前進しているようでありながら、その中心に辿りつくことをみずから妨害する語りでもある。彼は奥地の駐在所で実際にクルツに会い、その死まで見とどけるが、クルツ自身の経験という究極の目的地には最後まで到達できない。マーロウの語りの外側を囲むフレーム・ナラティヴは、彼の語る物語には外部があることを指し示す。サイードは、物語の中心にあるクルツの経験は、マーロウの言葉の外に位置づけられていると指摘している。

ことの中心——クルツの経験——はマーロウの言葉の外に置かれており、わたしたちに、もしそうできるなら、話者の権威をよく吟味するよう仕向ける。物語が終わるまでにわたしたちは、マーロウによって生みだされた、経験による実証をすり抜けてしまう何ものかに気がついている〔……〕。権威はあるのだが、わたしたちはその権威をけっして最終的なものではないと受けいれるよう求められる。〔権威の〕派生、生成、継続、増大があるとともに、これらのものを超えたところにもっと真正な何かがあって、それに比べればフィクションなど二次的なものにすぎないという、権威を否定し、妨害するような気づきがある。[40]

コンラッドの小説はいわば、近代小説のプロットを極限まで単純化し抽象化しつつ、それが永遠に妨害され続けるというモダニティの挫折の物語の具現化である。同章第二セクションで展開される緻密な『ノストローモ』論の結論でも、サイードは次のように述べている。「『ノストローモ』は新世界を現実そっくりに創作するのではなく、小説としての始まり、すなわち現実を虚構的ないし幻想的に仮定するということに立ち戻るのだ。小説が通常つくりあげる確固たる建造物をこのようにぶち壊すことによって、『ノストローモ』はそれが小説的な自己省察の記録にすぎないことをみずから暴露している」[41]。

コンラッドの物語構造は、言語の外部を措定しつつも、言語から逃れることができないことを示している。第五章でフーコーを批判的に論じる際に、サイードがわざわざフーコーとコンラッドとの類似点を指摘しているのは興味深い。彼にとってコンラッドとフーコーは、半世紀以上のときを隔てているにもかかわらず、ともに近代という問題系でとらえられるべき存在なのである。「作者」という語る主体を言語機能に還元してしまったフーコーの議論は、人間を「永遠に押し寄せる言説の波のなかに不安定に固定された、構成された主体であり語る代名詞にすぎないもの」にしてしまったと、サイードは主張する。そしてこのような人間観は「人間を言説のなかに溶解してしまった」コンラッドの『闇の奥』と「不気味な類似」を見せているのだという[42]。その論拠としてサイードは、『闇の奥』のマーロウによるクルツの描写を引用している。

奇妙なことに気がついた。わたしは彼〔クルツ〕が何かをしているところを想像したことは一度もなく、つねに語っているところを想像していたのだ。わたしは「もうあいつには会えない」とか、「もう握手できない」などと思ったことはなく、「もうあいつの声を聴くことはできない」と思ったものだ。あの男は声として現れた。もちろん、わたしがあの男をなんらかの行動と結びつけなかったわけじゃないんだが……それは重要じゃない。重要なのは、あの男が優秀な人物だということで、その才能のなかでもとりわけ秀でており、ほんものの存在感をもっていたのが、話す能力であり、あの男の言葉だったんだ——表現の才能、つまりは、惑わせつつ光を与えるもの、高尚であるとともに下劣でもあるもの、脈打つように流れる光、さもなくば、見透すことのできない闇の奥から来たる、人を欺く流れ【43】。

クルツは身体をもつ人間ではなく「声」として現前し、彼の優秀さ、才能、「ほんものの存在感」はあくまで「話す能力」と「言葉」である。クルツの言葉はマーロウ自身の饒舌を介して、光か「闇の奥」かすら判然としない「人を欺く流れ」となる。このことは、サイードによれば、コンラッドの文章が「人間を支配する地位を達成することによって、言語が人間を言説の機能に還元している【44】」ことの証左である。

一九八五年に追加された序文によれば、『始まり』の主要部分が書かれたのは一九六七年から六八年で、七二年ごろまでに大部分は完成されていたとある。[45] これはベトナム戦争、第三次中東戦争勃発によって、サイードがより積極的に現実政治にかかわり始めた時期とも重なっている。この時期のサイードは、同時代のフレンチ・セオリーの影響下にありつつ、「始まり」という時間的かつ主体的な起点に人間性の回復へのほのかな期待を託していたのだろう。たとえ人間主体が「語る代名詞」にすぎないとしても、「始める」という行為――それ自体が制度のなかにあり、妨害を余儀なくされているのだとしても――は能動的な意図であり、言説に抗う運動を開始する行為であるという信念を、サイードは保持し続けていた。

『始まり』はサイードの著作のなかではあからさまに政治的なものではないが、執筆当時のアメリカの大学における〈政治の季節〉の影響下で書かれているのは確かである。サイードが『始まり』を執筆していたのとほぼ同時期に、フランシス・コッポラ監督の『地獄の黙示録』（一九七九年公開）が制作されていたのは偶然だとは思えない。いうまでもなく、『地獄の黙示録』は『闇の奥』のプロットを借りてベトナム戦争を描いたニューハリウッドの代表作であり、大衆向けの文化産業とみなされていた映画を監督個人の才能の表現としての芸術へと高めようと試みたコッポラの意欲作だった。映画における「作者《オートゥール》」という問いは、映画というメディアの複合的な特性や映画産業における生産プロセスとの関連でつねに提起されてきたが、『地獄の黙示録』の画期的なところは、作者なき機械としての映画産業への自己言及的な問いを、指揮官を欠いたまま運転し続ける機械としての帝国主義戦争への批判につなげた点である。コッポラのいわゆる「作家主義」映画は当時の映画批評で流行した作家理論の影響下にあったが、同時にそれはフーコーやサイードの「作者」をめぐる論考とも同じ地平にあった。「作者とは何か」という問いは、第二次世界大戦後の後期資本主義およびネオ帝国主義の制御不能な暴力性――ベトナム戦争はその象徴であり、具現化であった――を前に、一九六〇年代から七〇年代にかけて再提起された歴史的な問いだったともいえる。作者の権威を問い続けること、そのことによって逆説的に主体の痕跡を完全に消失してしまわないことは、文化作品がたんなる消費財ではなく大衆芸術として歴史に責任をもち、現実の暴力への批判的介入となる可能性を、かろうじて担保しておくことでもあったのだろう。[46]

四　文学とマテリアリズム

ふたたび『ブラック・ジャコバン』序文の一節を、今度はそれに続く文章も含めて引用してみよう。

偉大な人間（Great men）が歴史をつくるが、みずからつくることが可能な歴史しかつくることはできない。彼らが偉業を成す自由は、彼らの置かれた環境の必要によって限界づけられている。これらの必要の限界とともに、完全にであれ部分的にであれ、あらゆる可能性の実現を描きだすこと、それこそが歴史家の真の仕事である[47]。

歴史をつくるのが「偉大な人間（Great men）」であると書いたとき、C・L・R・ジェームズは意識的にmenを「男たち」に限定するつもりはなかっただろう。しかし、近代史に限ってみても、「偉大な人間」の大半は男性だった。そして彼らが偉業を成す自由を制限するとされる「彼らの置かれた環境の必要」を提供する側には、大多数の女性たちが含まれていた。カリブのプランテーション農場の奴隷たちが世界経済システムを下支えしていたのと同じように、女性たちは近代資本主義システムを下支えする不可視の基盤だった。歴史をつくる主体と社会の物質的基盤の関係を考察するならば——近代の物質的制限の彼岸に「あらゆる可能性の実現」を想像したいのであればなおさら——奴隷制や搾取労働の問題のみならず、女性の従属化やジェンダー役割分業の問題を無視することはできない。一九五〇年代以後のC・L・R・ジェームズは、婚姻関係にあったセルマ・ジェームズの影響を受けて、家父長制と資本主義の関係にも目を向けるようになった[48]。その後、セルマ・ジェームズはみずからマルクス主義フェミニズムの思想と運動を先導することになる。一九七二年に彼女がイタリアのアクティヴィスト、マリアローザ・ダラ・コスタと連名で発表した『女性の力と共同体の転覆』は、「家事労働に賃金を」運動を立ちあげる事実上のマニフェストとなり、運動の国際的な展開の出発点となった[49]。

C・L・Rとセルマの思想をつなぐのは、意外な人物――ヴァージニア・ウルフである。セルマ・ジェームズはウルフの著作の愛読者であり、七〇年代に彼女が唱導した「家事労働に賃金を」という女性解放運動は、ウルフから着想を得たのだという。運動の現在の英国における拠点であるクロスローズ・ウィメンズ・センターのパンフレットでは、ウルフはこの運動の先駆者のひとりとして紹介されている[50]。

『自分ひとりの部屋』の冒頭で「女性が小説を書こうと思うなら、お金と自分ひとりの部屋を持たねばならない[51]」と述べるウルフは、実のところ経済基盤の問題を直視する現実主義者《リアリスト》であり、マテリアリストであった。『自分ひとりの部屋』の続編として構想された『三ギニー』（一九三八年）では、ウルフは女性の政治参加、政治的発言がきわめて困難であった直接的な原因として、女性が再生産労働を担わされているために経済基盤を剥奪されてきたことを挙げている。そして、再生産労働をする女性に政府が賃金を払うという、物質的な解決法を提案している。「教育のある男性の母たちが国家から法的に賃金の支払いを受けられるよう、要求しなくてはなりません」[52]。ウルフはこの「出産と育児に現金報酬を払う」という着想を、同時代の政治家エレノア・ラズボーン（一八七二－一九四六年）の政策提案から得ている[53]。文学者としてのウルフは、政治家の提言をフィクションのかたちで未来に投射してみせた。一方、七〇年代の女性運動家たちは、文学者の想像したユートピアをふたたび現実において実現すべく、政治と社会にたいして直接働きかけたのだった。

T・S・エリオットを愛読していたC・L・Rと同じように、セルマ・ジェームズも自身の論考のなかでしばしば文学作品に言及している[54]。C・L・Rやセルマのような政治的ラディカルが、エリオットやウルフの作品のようないわゆる「ハイ・カルチャー」を積極的に受容していた事実は、奇妙なことだと思われるかもしれない。アカデミックなカルチュラル・スタディーズは、ハイ・カルチャーと大衆文化の受容層を階級によって固定化し、両者を分断して対立的にとらえがちである。だが、大学に所属しない在野の思想家であったからこそ、ふたりはむしろそうした固定観念からは自由であり、階級横断的に文化を受容することができたのだとも考えられる。ふたりはまた、文学を現実政治に結びつけて論じることにも躊躇しなかった。文学は政治の外側にあるのではなく、文学そのものが政治を実践する形式のひとつと理解されていたからである。両者はマテリアリストであったとともに、社会変革を実現する思想のひとつの形式として、アカデミックな文学研究者とは異なるやり方で文学を再発見していた。

ウルフの思想が階級の違いを超えてセルマ・ジェームズらの運動にインスピレーションを与えたのには、おそらく社会的な背景もある。『三ギニー』におけるウルフ自身のフェミニズムの射程はあくまで「教育のある男性の娘たち」、すなわち上中流階級の女性たちに限定されていた。ウルフによれば、稼得力をはく奪され、自己の生存の手段を全面的に家父長に委ねざるをえない中流階級の女性たちは、労働によってわずかながらも賃金を得ている女性たち以上に、政治的に無力な存在だった。[55] だが、一九七〇年代の英国では、中流階級女性と労働者階級女性の立場はむしろ逆転していた。企業は大卒女性のホワイトカラー雇用を促進していた（男性の同資格者よりも安く雇えるという、身もふたもない理由からだった）[56]が、労働者階級の女性のあいだではむしろ「主婦化」が進んでいた。マルクス主義フェミニズム理論の金字塔『家父長制と世界規模の蓄積』（一九八六年）でマリア・ミースは、先進国の労働者階級女性の「主婦化」が二〇世紀後半に再編されたあらたな労働の国際分業の結果として生じたと論じている。[57] つまり、労働者階級女性の雇用先だった繊維産業や電子産業は経済発展途上国へと工場を移転し、そのため国内の女性労働者の失業が増加したのだという。稼得力を失った先進国の労働者階級の女性たちは、世界経済システム上では途上国で生産される安価な商品の消費者として存在している。だが（そうした安い商品を買うことができるために）一見すると豊かになったかにみえる彼女たちは、経済の状況いかんでは容易に生存を脅かされる不安定な立場に置かれている。ウルフが『自分ひとりの部屋』や『三ギニー』で分析した女性の相対的貧困の問題は、一九七〇年代の英国ではむしろ労働者階級の女性にとってこそ切実なものになっていたのだろう。

ミースが学術的に精査した「国際分業」の問題系——女性の抑圧と搾取をグローバル資本主義の問題としてとらえなおすこと——は、セルマ・ジェームズの思想の前提でもあった。この時期ジェームズは、直接的に政治にかかわる著作だけでなく、『自分ひとりの部屋』を理論的参照枠とする文学論『貴婦人とばあや——ジェイン・オースティンとジーン・リース』（一九八三年）を刊行している。この本のなかでジェームズは、オースティンがフランス革命およびハイチ革命と個人的なつながりをもっていたこと、『マンスフィールド・パーク』のトマス卿がアンティグアにサトウキビのプランテーション農場をもつ奴隷所有者であることを指摘し、マンスフィールド・パークで彼が体現する家父長の権力が植民地での奴隷制の暴力と根本的には同じものであると論じている[58]。家父長制と帝国主義の共犯関係をめぐる議論は、本の後半のジーン・リース論でも展開される。本の題名にある「貴婦人とばあや」はそれぞれ、リースの『サルガッソーの広い海』（一九六六年）に登場する白人クレオールの女性（アントワネット）と、彼女に仕える黒人女性（米国南部で黒人の乳母が「ばあや（mammy）」と呼ばれてきたことに由来する）を指している。両者は支配階級と被支配階級として対立しているようにみえるが、どちらも家父長制および帝国主義のシステムのなかで抑圧され、物的、性的に搾取されているのだと、ジェームズはいう。

セルマ・ジェームズの作品読解が興味深いのは、家父長制と帝国主義（グローバル資本主義）の共犯関係を指摘しているだけでなく、「貴婦人」と「ばあや」が同じシステムのなかの被抑圧者として連帯する可能性を示唆している点である。カリブでは、奴隷所有者の娘であるアントワネットは、幼馴染の黒人少女ティアのように生きたいと願っても、ティアからは拒絶されるほかなかった。だが、アントワネットがソーンフィールド邸に火をつけるという小説の結末は、ジェームズの解釈によれば、彼女が家父長制の権力の象徴であるロチェスター氏を殺害し、ティアのもとに帰るという選択をしたことになる。「アントワネットが――ティアが搾取の中心であった大邸宅を焼きはらったのと同じように――自分が幽閉されていた大邸宅を焼きはらうとき、ティアはアントワネットを彼女の家へと迎えいれたのである」[59]。つまり、ジェームズはこの小説を、女性たちが人種、階級、国境を超えてつながり、彼女たちを抑圧し搾取するシステムを打破する未来を想像可能にするテクストとして読もうとしている。彼女にとってリースの小説は、八〇年代当時移民やセックスワーカーなどさまざまな女性たちと協働し、女性解放運動を国際的に展開していった彼女自身のヴィジョンを、文学の形式をつうじて具現化したものだったのだろう。

ウルフは『三ギニー』のなかで、『共産党宣言』の一節「労働者に国はない」をもじって、次のように述べている。「実際、女性であるわたしに国はありません。女性であるわたしは国などほしくありません。女性であるわたしにとって、全世界がわたしの国なのです」[60]。このように宣言するとき――少なくともこの発話の瞬間においては――ウルフの射程は「教育のある男性の娘たち」という限定された階級から「全世界」の女性たちへと開かれている。セルマ・ジェームズらの女性運動は、ウルフがマニフェストのかたちで託した夢を現実世界で実現し、未来の歴史をつくりだそうとする試みだった。

第二章　大衆社会の到来——ジョゼフ・コンラッドとわたしたちの時代

〔芸術家が〕語りかける対象は、喜びや驚きを感じるわたしたちの能力、わたしたちの生を取り巻く神秘である。あるいは、哀れみ、美、痛みの感覚、すべての生けとし生けるものへ感じる密やかな同朋意識。数多の心の孤独をひとつに縫いあわせる連帯の意識への、微かではあるが不屈の信念。夢、歓喜、悲しみ、野心、幻想、希望、恐怖のなかの連帯意識に語りかけることによって、人間はお互いに結びつけられ、あるいはすべての人間が——死者は生者に、生者はいまだ生まれざる者へ——結びつけられるのである。〔1〕

ジョゼフ・コンラッド『ナーシサス号の黒人』序文、一八九七年

一　一九八〇年のコンラッド

「フィリエーション」と「アフィリエーション」は、エドワード・サイードが八〇年代以降しばしばもちいた対概念である。『世界、テクスト、批評家』（一九八三年）の序文「世俗批評」で、サイードはふたつの概念に詳細な説明を与えている。フィリエーションとは家族をモデルとする、生物学的な血縁関係に基づいて形成される共同体である。それにたいして「養子縁組」という意味をもつアフィリエーションは、血縁関係にない個人と個人が契約によって結びつけられた関係と定義される。両者は、フェルディナント・テンニースの定義したゲマインシャフト（共同体）とゲゼルシャフト（社会）の概念にほぼ対応する。近代化のプロセスとは前者から後者への移行であり、それは「自然」から「文化」への移行とも等しい。だが、一九世紀の思想家以上にサイードが重視していたのは、共同体と社会のあいだの緊密な相互関係と往復だった。養子縁組は家族の構造を模倣し、家族の世代間の階層関係を温存する。近代的なアフィリエーションは、フィリエーションの権力構造を表象するとともに、再生産するのである。「アフィリエーションは公認された非生物学的な社会形式、文化形式をとるにもかかわらず、自然のうちに見いだされるフィリエーションのプロセスを表象するひとつの形式となる」[2]。

アフィリエーションの世界観を体現する文学テクストの例として、「世俗批評」のサイードはT・S・エリオットの『荒地』、ジェームズ・ジョイスの『ユリシーズ』といったハイ・モダニズムの代表作とともに、ジョゼフ・コンラッドの『ノストローモ』（一九〇四年）にも言及している。確かにコンラッドがヴィクトリア朝小説からモダニズムへと移行する時期、すなわち一九〇〇年前後のテクスト――『ナーシサス号の黒人』（一八九七年）から『ノストローモ』まで――は、フィリエーションとアフィリエーションの関係をみごとに寓話化している。たとえば「世俗批評」の出版される少し前、イアン・ワットは『一九世紀のコンラッド』（一九七九年）で、『ナーシサス号の黒人』がまさに共同体と社会の葛藤を描いた小説であると論じている。ワットはテンニース、デュルケム、ル・ボンなど一九世紀の社会思想の系譜のうちに、コンラッドの共同体と社会の関係をめぐる思想を位置づけた。『ナーシサス号の黒人』序文の鍵語である「連帯（solidarity）」という語自体が、『共産党宣言』（一八四八年）の出版を契機に英語に導入された語である[3]。しかし、ワットの議論をサイードを経由して読みなおすならば、むしろ次のような可能性が浮かびあがってくる。コンラッドの小説は「数多の心の孤独」を生んだ二〇世紀の荒地的な状況における共同体への回帰のナラティヴ、つまりアフィリエーションによるフィリエーションの再生産を記述するテクストなのではないだろうか。

本章の目的のひとつは、ワットの議論のベクトルを逆向きにして、「一九世紀のコンラッド」が求めた連帯の理念が、二〇世紀の原子化された社会の状況を先取りして応答するものであったと論証することである。論証の手法としては、表象そのものの問題（階級や人種がいかに表象されているか）ではなく、表象を実現する形式の問題に注目する。『ナーシサス号の黒人』はヘンリー・ジェームズの『メイジーが知ったこと』（一八九七年）と同じ時期に『ニュー・レヴュー』誌に連載されていたが、ジェームズが『メイジー』によって心理的リアリズムの表現形式としての視点の技法を完成させたのに比べると、コンラッドの中編小説の語りと視点の一貫性のなさは、奇妙に時代遅れなようにみえる。だが、本章では、従来は技巧的な欠陥とみなされがちだったこの小説の形式的な特徴を、コンラッドが十分に近代的でなかったことの証拠としてではなく、むしろ「小説」という一九世紀的なメディアによって二〇世紀を表象する企図、あるいはその壮麗な失敗として読みなおすことを提案する。結論を先取りして言えば、コンラッドの失敗とは映画という視覚メディアが誕生する前に、「映画の観客」をモデルとするきわめて二〇世紀的な社会の状況を描こうとした点にある。

　サイード以後のポストコロニアル批評は表象分析を旨とする傾向にあるが、サイード自身のテクスト読解の基礎にはつねに形式の問題があった。『オリエンタリズム』はしばしば西洋によるオリエントの（誤）表象を告発する書として誤読されているが、サイードが注目していたのはむしろ表象を成立させる制度や形式の問題である。『世界、テクスト、批評家』収録のコンラッド論では、語りの技法が精緻に分析されている。『文化と帝国主義』の『闇の奥』をめぐる議論では、帝国主義の限界を徴しづける自意識の形式として、入れ子細工の複雑な語りの構造が指摘されている。コンラッドの反帝国主義思想は表象にではなく、表象システムをひそかに破綻させている形式のほうに宿ると、サイードは看破していた。そうした形式こそが「帝国主義には到達しえず、そのコントロールの限界を超えてしまうような現実、一九二四年のコンラッドの死のずっと後になってはじめて実体をもつようになった現実の潜在的可能性[4]」をわたしたちに指し示すのだという。

　本章冒頭で言及したサイードの「世俗批評」の眼目は、ニュー・クリティシズムから脱構築までを射程に入れた文学研究制度の批判だった。サイードはこの論考で、文学が現実世界から切り離された自律的小宇宙を形成しているとみなす当時の米国の学界を徹底的に批判し、文学テクストを「世界のなかにあるもの」として位置づけなおそうとした。むろん、テクストが単純に世界を反映していると考えたのではない。テクストが「世界内的（worldly）」であるとともに、世界はテクスト的である[5]。つまり、世界とテクストは相互依存的で分別不能な状態にある。「世俗批評」の冒頭でサイードは、ベトナム戦争の最中に『アレクサンドリア四重奏』を愛読する国防省長官の逸話を紹介している。この逸話は、「文学が殺人をカモフラージュする」状況を表わすだけでなく、「文学作品を読む[6]」という行為そのものが世界のなかにあるできごとであると示唆している。

とすれば、サイードを経由してコンラッドを読みなおそうとするわたしたちは、次のような問いを提起する必要がある。一九八〇年以後に「一九世紀のコンラッド」を読むという行為には、どのような社会的な意味があるのか。レーガノミクス、サッチャリズムの幕開け以降に『ナーシサス号の黒人』の序文が褒めたたえる「数多の心の孤独をひとつに縫いあわせる連帯[7]」について考えることには、いかなるアクチュアリティがあるか。

コンラッドは一九五〇年代から六〇年代にかけて英米の学界で再評価された作家のひとりであり、サイードの博士論文の対象作家でもあった。コンラッドは七〇年代半ばにチヌア・アチェベによって「人種差別主義者」と酷評されたが、八〇年代にはコンラッドを初期モダニストとして――あるいはフレドリック・ジェイムソンが『政治的無意識』（一九八一年）で主張したように、モダニズム以前にすでにポストモダンを先取りしていた作家として――読みなおす気運があった。[8]『個人主義の再構築』（一九八六年）収録の論文「民俗学的自己形成について」のなかで、ジェームズ・クリフォードは現代の文化理論の前提となる「構築された自己」というテーゼが意味をもちはじめたのが一九〇〇年頃であると指摘し、[9]二〇世紀社会人類学の祖ブロニスワフ・マリノフスキにたいするコンラッドの影響を論じている。近代的な個人と社会の関係性が崩壊し社会なき個人が跋扈する八〇年代は、個人の概念が文化的構築物として相対化されるとともに、文化的差異すらもグローバル市場において商品化される、いわゆるグローカリゼーション時代の幕開けでもあった。そうした時代にあって、「現代」はふたたび世紀転換期に遡行して思考され、コンラッドは「一九〇〇年」を象徴する人物のひとりとなった。

二一世紀を生きるわたしたちは、わたしたちの時代、わたしたち自身にとっての現代が、一九八〇年頃に始まった世界の大きな地殻変動、すなわち新自由主義体制の成立とグローバリゼーションの帰結であるという感覚のもとに生きている。筆者が今、八〇年代のサイードを読むときにも、わたしたちの時代がまさに一九八〇年頃に始まったのだと実感する。コンラッドを読むことが筆者にとっていまだアクチュアルでありうるのは、彼のテクストが近代と現代の橋渡しをしてくれるだけでなく、現代そのものの意味をあらためて問いなおす契機を与えてくれるからなのである。

二　一九〇〇年のコンラッド

フリードリヒ・エンゲルスは一八四〇年代のロンドンの雑踏に、次の世紀に来たる社会を予見していた。それは、本章のエピグラフに掲げた『ナーシサス号の黒人』の序文にある、「数多の心の孤独」を抱えた人びとの群れからなる社会である。

彼らはまったく共通のものもなく、おたがいになすべきこともないかのように、走りすぎていく。そして彼らのあいだの唯一の約束は、たがいに走りすぎていく群衆の二つの流れが停滞しないように、それぞれが舗道の右側を歩くという暗黙の約束だけである。〔……〕この非人間的な無関心さ、各人が自分の個人的利益しか考えない非情な孤立化は、これらの個人が狭い空間におしこまれればおしこまれるほど、いっそう不快で気にさわるものとなってくる。こういう個人の孤立化、こういう偏狭な利己心が一般に今日のわれわれの社会の基本原理であることを知ってはいるけれども、大都市の雑踏のなかほど、それが恥ずかしげもなく露骨に、また意識的に、あらわれるところはない。人類が単子《モナド》へ分解され、その一つひとつがバラバラの生活原理とバラバラの目的をもっている原子の世界が、ここではその頂点にたっしているのである。[10]

社会が完全に分解してばらばらの個人に分割される原子化の現象を、エンゲルスはロンドンの街を行きかう群衆の姿に見出した。彼にとってそれは、近代社会が行き着く極限の疎外状況を体現していた。一九世紀が終わるころまでには、エンゲルスが見ていたのと同じような光景が、より現代的な設定のもとで再現されることになる。

ジョン・ケアリの『知識人と大衆』（一九九二年）は、一九世紀末から二〇世紀前半にかけての英国知識人の「大衆（the masses）」観の研究書として、すでに古典的地位を獲得している。この著書におけるケアリの前提のひとつは、「ノースクリフ革命」と呼ばれる大衆向けの新聞や雑誌の創刊が、この時代以降の大衆観の形成に大きくかかわったということである。初代ノースクリフ子爵（アルフレッド・ハームズワース）は一八九〇年代以降、安価な女性誌を発刊して成功し、一八九六年には『デイリーメール』誌を創刊した。広告料収入によって安く大部数を市場に供給できるようになったタブロイド紙という大衆メディアの出現は、知識人を介さずに大衆が直接情報を得、文化を形成していくことにつながるとして、多くの知識人に不安と脅威を与えたという。[11] そうした大衆文化に警鐘を鳴らした知識人のひとり、F・R・リーヴィスによれば、「映画、新聞、あらゆる形態の広告、商業向け小説――これらはすべて、最低レベルの欲求を充たすものである」。[12] 大衆新聞や映画といった新しいメディアの出現によって、大衆はこうしたメディアの受容者として、あらたに想像しなおされるようになったのである。

ヴァルター・ベンヤミンはよく知られる論考「技術的複製可能性の時代の芸術作品」（一九三五―三六年）で、二〇世紀の転換期に出現した新しいメディア・テクノロジーとその受容者の関係を「複製可能性」という観点から考察した。ベンヤミンによれば、写真、映像、録音といった複製技術は一九〇〇年頃、すべての芸術作品をその対象にしうる水準に達し、従来の芸術の形態に逆影響を及ぼすこととなった。芸術作品の複製はとりわけ、芸術の受容形態を根本的に変容させた。芸術は複製されることによって、伝統的な芸術形態に特有の「一回性」というアウラを失ったが、大量生産される作品があらたに見いだしたのは「大衆」という受容者だった。大衆は芸術作品の礼拝的価値を斥け、作品を自分自身の日常に近づけること、複製の受容によって一回性を克服することを熱烈に要求する。この新しい芸術の受け手は、ベンヤミンによれば、注意散漫というきわめてモダンな特性をもつイメージの消費者だという[13]。

二〇世紀転換期の大衆芸術を代表するのは映画であるが、映画は一九世紀の大衆芸術だった小説をモデルに発展してきたと考えられている。『ナーシサス号の黒人』の序文に、コンラッドは次のように書いた。「わたしが達成しようとしている仕事は、書き言葉の力によってあなたに聞かせること、感じさせることである――とりわけそれは、あなたに見させること（to make you see）である」[14]。一九三九年に映画史『アメリカ映画の勃興』を著したルイス・ジェイコブズによれば、D・W・グリフィスが自身の映像芸術のマニフェストとして、コンラッドのこの有名な一文をもじって、「わたしが達成しようとしている仕事は、あなたに見させることである」と述べたとされる[15]（グリフィスはここで、映画を演劇と区別して、映画はむしろ小説と同じように聴覚ではなく視覚が優先される芸術であると主張している[16]）。コンラッドが『ナーシサス号の黒人』の序文を書いた時期の映像作品は、たとえばリュミエール兄弟の作品のように、視覚的に聴衆を惹きつけることのほうに重点が置かれていた。しかし一九一〇年頃までには、映画は物語的な統一性を重視する制度としてすでに確立しつつあったとされる。[17]グリフィスの開発したクローズ・アップやスイッチ・バックといった映像表現は、一九世紀小説の技法を映像によって模倣したものだった。実際にグリフィスは、ひとつの場面からまったく異なる場面へのカッティングを「気が散る」として批判されたことにたいして、「ディケンズはこのように書かなかったか」と応酬したらしい。[18]

しかし、こうも考えられないか。グリフィスが引用したコンラッドの文章そのものが、映画がまさに発明されたばかりの二〇世紀への転換期において、「技術的複製可能性の時代」の到来を告げるマニフェストでもあったのではないか。[19]コンラッドの世紀末のテクストは、映画が制度的に成立する以前にすでに映像的な手法を取りいれるとともに、芸術の二〇世紀的な受容形態を胚胎していたのではないだろうか。『ナーシサス号の黒人』の序文は、数少ないコンラッドの芸術論である。執筆当時のコンラッドは『アルメイヤーの阿呆宮』（一八九五年）、『島々の放浪者』（一八九六年）の刊行によって船乗りとしてのキャリアを捨て、小説家としての活動を開始したばかりであり、彼にとってこの序文は、みずからの作家としての存在理由を説明するためにも重要だった。しかし、『ナーシサス号の黒人』の単行本初版が一八九七年にイギリスとアメリカで出版された時点では出版社からはその価値を理解されず、イギリス版、アメリカ版ともに序文は掲載されなかった。[20] 時代を先取りしすぎたテクストが最終的に小説本文とともに出版されるには、一九一四年のアメリカ版（ダブルデイ社）を待たなくてはならなかった。[21]

もちろん、コンラッドのテクストは映像そのものではない。オーソン・ウェルズは「すべてのコンラッドの物語は映画である」[22] と語っているが、一九三九年にウェルズが試みた『闇の奥』の映画化は失敗に終わっている。ウェルズは『闇の奥』を「ファシズムの寓話」として再現しようとし、みずからスクリプトを書いてマーロウの一人称の語りを映像によって表現しようと試みたが、野心的で実験的な技法は当時の製作会社には受けいれられなかった。[23] コンラッドは「映像的」であることを宣言しながらも、言葉が過剰な作家でもある。サイードは『世界、テクスト、批評家』収録のコンラッド論のなかで、コンラッドが「書き言葉を超越して、直接的な発話と視覚を表現するために、散文を否定的にもちいようとした」と論じている。[24] コンラッドのテクストの過剰さと破綻は、二〇世紀的な世界観を一九世紀的なメディアで表現することの限界点を指し示している。

『モダンを感じる』（二〇〇八年）でジャスタス・ニーランドは、ベンヤミンの映画論を応用し、映画という新しいテクノロジーが媒介する感情の共有が、一九世紀的な理性的な市民社会とは異なるあらたな公共性の概念を生みだすと指摘している。[25] ベンヤミンによれば、ディズニーに代表されるような大衆映画は、大衆の無意識のエネルギーを発散させるという「治療効果」をもっているのだという。[26]『ナーシサス号の黒人』の序文は、大衆の感情への働きかけという点において、新しい時代の芸術はまさに「映画的」であることを目指すべきだと宣言しているかのようである。序文では何よりもまず、芸術家は思想家や科学者のように知性や常識に働きかけるのではなく、感性に訴えかける存在であることが強調されている。

本章の冒頭に掲げた引用文を、もう一度読みなおしてみよう。芸術家が語りかけるのは、喜びや驚き、哀れみ、美、痛みといった感覚、感情であり、そうした感情は、「すべての生きとし生けるもの」への同朋意識、「連帯」へとつうじる。感性に語りかけることによって芸術家は、さまざまな人間のあいだの連帯を可能とする。「連帯」は労働運動を想起させる語であるが、序文の後半ではコンラッド自身、芸術家の仕事を労働の比喩（「遠くの農地にいる労働者の動き」[27]）を使って表現している。だが、農作業の比喩を使ってはいても、コンラッドが古きよき牧歌的な共同性をそのままのかたちで賛美しているわけではない。「連帯」が成立するためにはあくまで、芸術の受容者としての「数多の心の孤独」の存在が前提にある。孤独な個人は、芸術をつうじて結びつくことによって、新しい社会のかたちを形成する。

だが、芸術によるあらたな共同性の実現というプロジェクトは、政治的にはきわめてアンビヴァレントなプロジェクトにもなりうる。「技術的複製可能性の時代の芸術作品」でベンヤミンは、芸術が大衆の娯楽として消費される時代には芸術の受容はきわめて政治的なものとなると指摘している。たとえば映画は、ファシズムのプロパガンダと同じように、少数のエリートが大衆を煽動する目的に使用することができる。「一般にファシズムについて妥当することが、特殊には映画資本について妥当する。すなわち新しい社会構造に対する不可避の欲求が、ひそかに少数の有産階級の都合によって搾取される」[28]。ここでのベンヤミンは、大衆と大衆運動そのものに否定的なのではない。写真技術の発明が社会主義の勃興とときを同じくしたように、複製技術とその受容者は新しい社会の形成と変容の担い手として期待される存在でもあり、それゆえ映画資本はプロレタリアートによって接収される必要がある。コンラッド自身は大衆にたいして、おそらくベンヤミンよりも懐疑的な見解をもっていただろう。しかし、「序文」で芸術家の「一途な試み（single-minded attempt）」――「人間同士をお互いに結びつけ、すべての人間を目に見える世界に結びつける」連帯の感情を呼びおこす試み[29]――を高らかに謳うとき、彼は大衆社会の可能性への危険な賭けを試みようとしていた。

さきに引用したように、初期映画の巨匠Ｄ・Ｗ・グリフィスは自身の映画製作の目的をコンラッドの言葉を借りて「あなたに見させること（to make you see）」であると述べたとされる。しかし、『ナーシサス号の黒人』直後に書かれた中編小説『闇の奥』（一八九九年）では、「見させる」という映画的プロジェクトの危険性が、よりはっきりと示されている。『闇の奥』の語り手マーロウは、アフリカ奥地の駐在所で、つぎはぎだらけの服をまとったロシア人の若者に出会う。クルツの崇拝者を自認する若者は、彼を賞賛して次のように言う。「彼のおかげでわたしは、いろんなことが見えるようになった（He made me see things）」[30]。だが、クルツは他の誰よりも多くの象牙を生産する帝国主義の旗頭であるとともに、「蛮習抑制国際協会」への報告書に「蛮人をすべて抹殺せよ」[31]と走り書きをする姿は、ファシズムの指導者を連想させる。つまりこの場合、「見させる」ことは、大衆を扇動する行為にほかならない。

ところで、このクルツの崇拝者――ファシストに扇動される大衆――は、映画のもうひとつの重要な特性を示唆する存在である。彼の衣裳、つぎはぎだらけのコラージュ作品のような外見（「全身がつぎあてで覆われていたんだ――明るい色、青、赤、黄色のつぎあて、背中にも腹にもつぎあて、肘にも膝にもつぎあて」[32]）は、みずから「技術的複製可能性の時代の芸術作品」を体現しているかのようにみえる。フランシス・コッポラは『闇の奥』をベトナム戦争の状況におきかえて『地獄の黙示録』を制作したとき、ロシア人の若者の代わりにアメリカ人の写真家を登場させたが、おそらく、写真家という職業設定によってこの人物につきまとう複製のイメージを現代的に再現しようというもくろみだったのだろう。実のところ、大衆は映画史の初めから映画の受容者であるとともに、映画がその複製技術によって視覚的に表象する対象でもあった。リュミエール兄弟の初期作品、『ラ・シオタ駅への列車の到着』（一八九五年）や『リヨンのリュミエール工場の出口』（一八九五年）自体が、大衆のための芸術であるとともに、大衆を表象する芸術だった。[33] 映像技術は、大衆をそのままの姿で再現するための最新のテクノロジーだった。人間の群れがスクリーン前方へひたすら流れ出るという映像は、大衆そのもの、すなわち映画を見るわたしたち自身を複製化して、わたしたちの前に差しだしたのである。

　リュミエール兄弟がパリで映画を初公開していたのと同時期に書かれていた『ナーシサス号の黒人』は、「あなた（がた）に見させる」というプロジェクトにおいて、小説作品をアダプトして制作されたグリフィスの作品以上に映画的であったといえるかもしれない。最初期の映画は物語的要素（プロット）を極限まで単純化している（『リュミエール工場の出口』のプロットは「人びとが工場から出てくる」というだけのものであるが、プロットが存在しないわけではない）が、その代わりに、スクリーン前方に迫りくる群衆という圧倒的なスペクタクルによって観客を畏怖させた。『ナーシサス号の黒人』はこれと同じようなスペクタクルをあくまで言語によって実現しようとした、きわめて斬新な失敗作なのである。

三　大衆は何を読むのか

『ナーシサス号の黒人』の「映画的」プロジェクトもまた、大衆の姿を大衆自身に「見させる」ことであったといえるだろう。しかし大衆を理想化して語る序文に比べ、小説の本文では、大衆社会における「連帯」はよりアンビヴァレントな価値をもつものとして描かれている。その矛盾を体現するのは、暴動の煽動者ドンキンよりはむしろ、古きよき船員共同体の生き残りとされる老シングルトンのほうである。シングルトンの人物造型には――「一徹さ」を示唆するその名前（Singleton）と、その名前を文字通りに遂行する彼の仕事ぶりに反して――どことなく一貫性のないところがある。「〈ときの老人〉《ファーザー・タイム》と同じくらい老いている」[34]と形容されるシングルトンが、第一に、旧世代の船乗りの代表として描かれているのは確かである。シングルトンのような寡黙な荒くれ男たちは「神秘的な海の永遠の子どもたち」だったが、「不満を抱えた陸地の成長した子どもたち」によってとってかわられようとしている。[35] 船員の世界はゲマインシャフト的共同体からゲゼルシャフト的社会へと徐々に移行しつつある。だが、ナーシサス号は当時としてもすでに時代遅れになりつつあった帆船であり、船内は一九世紀的な価値観にいまだ支配されるヘテロトピアである。そこではドンキンの指揮する労働運動は挫折を余儀なくされ、代わりにシングルトンの「陸地が見えると〔病人は〕死ぬ」[36]という迷信じみた予言が現実となる（テンニースの定義に従えば、労働運動はゲゼルシャフト型の組織の典型であり、宗教はゲマインシャフトのもっとも発展した形態である）。もちろん、いったん陸地に上がると、両者の力関係は反転する。貨幣鋳造所が「おとぎ話の大理石の宮殿のように」[37]君臨するロンドンでは、シングルトンは自分の名前を綴ることもできない無学な老人としてさげすまれ、「知的な男」とみなされるドンキンが羽振りを利かせる。[38]

このように、小説全体の枠組みからすると失われつつある旧世代の価値観を代弁しているように見えるシングルトンの「謎」は、彼が小説に最初に登場する場面にある。ボンベイ出航前、船上に集まった船員たちの喧騒の只中で、「力強い胸と巨大な上腕部全体に、人食いの酋長のように刺青をしている」[39]シングルトンは、あろうことか、エドワード・ブルワー゠リットンの一八二八年出版の小説『ペラム』を読んでいる。ロンドン上陸後の場面で文字が書けないことが判明するシングルトンが小説を読んでいたという設定は、あきらかに奇妙である。このことはたんなる作者の不注意に帰すべき問題なのかもしれないが、それにしてもなぜコンラッドは、『ナーシサス号の黒人』の第一章に、わざわざ小説を読む船員の姿を描く必要があったのか。ここで注目したいのは、シングルトンは独りで本を読んでいるにもかかわらず、『ペラム』を好んで読む同時代の船員たちの代表として登場するという点である。

〔ブルワー゠リットンの〕磨きあげられ、奇妙に不誠実な文章が、地上の暗く曲がりくねった場所に住む大きな子どもたちの単純な精神に、どのような思考を目覚めさせるのだろうか。彼らの荒々しく未熟な魂が、リットンの優美な饒舌にいかなる意味を見いだすというのか。いかなる興奮、いかなる忘却、いかなる充足感だろうか。謎だ。[40]

小説家の巧みな饒舌によって描きだされる、自分たちの生とはまったく無縁な上流階級の世界に魅せられる「大きな子どもたち」。彼らの姿は小説の読者というよりは、たとえばヴァージニア・ウルフの一九二六年のエッセイ「映画」の冒頭に現われる、映画の聴衆を彷彿とさせるのではないだろうか。ウルフによれば、映画の観衆は、近代のテクノロジーが皮肉にも蘇らせてしまった「野蛮人」、前近代的存在である。

わたしたちのなかには野蛮人などもういない、わたしたちは文明の最終地点まで来ている、すでに何もかも言いつくされて、野心を抱くには遅すぎる、などと言われている。しかし、こんなことを言う哲学者たちは、映画のことを忘れてしまっているのだろう。二〇世紀の野蛮人が活動写真を観ているところなんて、目にしたこともないのだろう。スクリーンの前に坐ったこともなく、こんなふうに感じたこともないのだろう。服を着て、足下には絨毯が敷いてあるけれども、映画の観衆なんて、二本の鉄棒を打ち鳴らし、その音にモーツァルトの音楽の前触れを聴いて、目を輝かせている裸の男たちと、たいした違いはないのだと。【41】

シングルトンが小説最後の設定どおり「文字を知らない者」だとすれば、彼が読みうる小説とは、映画化された小説――ウルフがエッセイのなかで揶揄する映画化された『アンナ・カレーニナ』――なのではないか。ウルフによれば、小説の映画化とは、文字を単純なイメージにおきかえてしまうこと、「文盲の学童の走り書きにある単音節の単語で小説を説明しようとする」【42】ことである。小説を手にする「人食いの酋長」は、古きよき時代の海の男でもなければ、一九世紀の中産階級的な小説の読者でもない。それがもっとも近似する存在は、二〇世紀の映画の聴衆、すなわち大衆である。旧世代の船乗りであるはずのシングルトンは、同時にコンラッド自身が序文で連帯を呼びかける「数多の心の孤独」を抱く者の一員でもあるのだ。そのように考えるとき、ナーシサス号という時代遅れの帆船は、古きよき共同体そのものであるというよりはむしろ、共同体を模倣する二〇世紀的大衆社会——サイードの用語を借りれば、アフィリエーションによって再生産されたフィリエーション——であるようにみえてくる。

だが、シングルトンにはさらに別の顔もある。それは、現代の「野蛮人」がみごとにグローバル資本主義体制に適応した姿である。時代遅れであろうとなかろうと、ナーシサス号はボンベイとロンドンを結ぶ貨物船であり、植民地支配の中継点、大英帝国の使命の担い手である。ケープ峰を通過するときに訪れた大嵐は、この船が帝国の任務を遂行する上での最大の危機であるが、シングルトンは嵐のなかでも独り黙して舵を取り続ける。

他の者から離れ、船の最後尾で、独り舵輪の傍らで、老シングルトンは濡れて光っている外套のいちばん上のボタンの下に、白い顎鬚を手繰り入れた。海の喧騒と混乱に揺られ、老いた眼の前に渦を巻く波のなかに傷ついた船の長い姿が前へと進んでいくのをしっかりと見すえながら、彼は身じろぎもせず立っており、皆には忘れられていたが、注意深い顔をしていた。〔……〕彼は慎重に舵を取っていたのだった。【43】

旧世代の労働倫理に忠実な、シングルトンの働きぶりである。皮肉なことに、ナーシサス号で最速記録を出したいとひそかな野心を抱き【44】、船を転覆の危険に晒してまでも帆柱を切らないという選択をする【45】アリスタウン船長にとっては、シングルトンの労働意欲は非常に好都合である。勤勉な労働は、植民地とメトロポリス間のもっとも効率よい交易の遂行という、アリスタウンに代表されるイギリスの支配階級の利益にみごとに合致する。このときのシングルトンは、もはや注意散漫な大衆ではない。「慎重に舵を取る」その姿は、大衆から離脱し、支配階級のイデオロギーをみずから進んで受けいれて勤勉に働く労働者、すなわち資本主義の精神の化身となる。彼は他の船員からは遠く離れたところに立っており、「連帯」とは無縁の存在である。

四　「わたしたち」はいかにして出現するか

シングルトンが帝国主義のもっとも有能な使者となるとき、大嵐とともにその任務遂行を妨げようとするのが、ナーシサス号に乗船する唯一の黒人船員、ジェームズ・ウェイトである。病に抗って――正確に言えば、あえて仮病を使っているふりをすることによって病を否認して――生きようとするウェイトは、「もちろん、彼は死ぬだろう[46]」と宣告するシングルトンとは敵対関係にあり、「陸地が見えると病人は死ぬ」というシングルトンの予言に対抗して、生き続けることによってナーシサス号の運航を遅らせる。「死ぬときまでは生きなくてはならない[47]」彼の生そのものが、帝国のプロットを遅延させる抵抗の手段となるのである。シングルトンは、奴隷商人を覚えているほど高齢であると言われている。彼がほんとうに奴隷船に乗船した経験があるとは考えにくい（英領での奴隷貿易は一八〇七年に廃止されている）が、古い帆船に運ばれる瀕死の黒人は、かつて中間航路を運航した奴隷船を想起させても不思議ではない。かいがいしくウェイトの介護をする船員仲間のベルファーストは、「理想的な奴隷所有者[49]」に喩えられてもいる。カリブ出身の黒人であるウェイトの抵抗には、歴史的な意味づけが十分に可能である。

しかしウェイトには、プロットに逆らって小説の時間を長びかせる――そのことによって この小説を、ひそかに帝国主義への抵抗の物語として成立させる――以外にも、重要な機能がある。彼の存在はしばしば、テクストのなかに「わたしたち」という一人称複数形の主語を出現させるのである。『ナーシサス号の黒人』の人称代名詞の非一貫性は、かねてから指摘されてきた【50】。三人称の語りで始まるテクスト中に、唐突に一人称複数形の主語が現われ、さらに最終段落には一人称単数形の語り手が登場する。だが、小説中のすべてのできごとを直接見聞できる人物は論理的に存在しない（船室でのウェイトの独白や、ウェイトとドンキンの会話を聞くことのできる第三者はいない）。このこともまた、コンラッドの不注意として片づけられないこともないが、語りと視点の一致および一貫性という近代小説のリアリズムを棄却し、カメラの位置を変えるように自由に視点を移動させる映像的な手法の先取りととらえることも可能だろう。小説のなかに最初に「わたしたち」という視点が導入されるきっかけは、「わたしはもうすぐ死ぬ」というウェイトの発言である。これに反応した船員たちを指す代名詞は、同じ段落のなかで徐々に「彼ら」から「わたしたち」へと移行している【51】。

〔ウェイトの言葉は〕まさに彼らが聞くことを予想し、かつ聞きたくなかった言葉だった。一日に何度も、まるで自慢するかのように、脅すかのように、この忌々しい黒ん坊《ニガー》によって突きつけられる、死神がつきまとっているという考え。〔……〕彼は死神について、あたかもこの世の誰もそんな友達と親しくしたことがないかのようにいばりくさった。愛情たっぷりな執拗さで、死神をわたしたちの前にひっきりなしにみせびらかしたので、その存在は疑いの余地のないものとなったが、同時に信じられないものにもなった。〔……〕わたしたちは憐憫と不信感とのあいだで躊躇していた。そのあいだにも、ほんのわずかのきっかけがあれば、彼はわたしたちの目の前で、煩わしく忌まわしい骸骨を振りまわしたのだった。[52]（傍点筆者）

船員たちはウェイトが仕事をさぼるために仮病を使っているのではないかとつねに疑いつつも、「憐憫（pity）」の感情に突き動かされ、あれこれと彼の世話を焼いている。このように、「わたしたち」はしばしば、ウェイトによって喚起される不可解な感情に駆りたてられる主体として出現する。嵐のなか、船室に閉じこめられたウェイトを救出するのは、いうまでもなくこの「わたしたち」である。ウェイトを船室から引っぱりだし、傾いた船上を運んでいく主語は一貫して「わたしたち」であり、ウェイトにたいする不可解な愛憎感情を代弁する存在である。「わたしたちはかつてないほど――この地上の何よりも――彼を憎んでいたけれども、彼を失いたくはなかった」[53]。筆者はむろん、白人の船員たちによるウェイトの救出作業を「人種を超えた連帯の可能性」などと無条件に肯定したいわけではない。ウェイトの救出は帝国主義的偽善と読むこともできる。ウェイトにたいする船員たちのアンビヴァレントな感情を、帝国主義的パラノイアと解釈するのにはそれなりの説得力がある。

『一九世紀のコンラッド』でワットは、ウェイトが船員たちのあいだに呼びおこす「憐憫」の感情は「普遍的」ではあるが、反逆の衝動の原動力ともなるため、コンラッドが理想とする普遍的な人間の連帯にとっては脅威となる可能性があると指摘している[54]。確かに嵐の後、不満を抱えた「わたしたち」はドンキンのプロパガンダに耳を貸す。「わたしたちは高級船員たちを非難した――やつらは〈嵐の最中に〉何もしなかったじゃないか――そして魅力的なドンキンに聞きいった」[55]。しかし興味深いことに、ドンキンが船長に鉄製の索止め栓を投げつける暴動の場面の前後では「わたしたち」は姿を消し、物語は一貫して三人称体で語られている。このとき「わたしたち」は、「彼ら」あるいは「群衆（the crowd）」[56]になる。「わたしたち」と「彼ら」の差異は、ウェイトに憐憫の情を抱く主体と暴動に加担する主体とのあいだの微妙なずれ（後者に一人称の語り手は含まれない）を示している。つまり、一人称の語り手は、暴動には加担しないのである。労働運動を「暴動」と表象するのは、コンラッド自身の（少なくとも表向きの）保守的思想によるものである（アナーキストであるヴァレンタイン・カニンガムと親交があったコンラッドは、『ノストローモ』、『シークレット・エージェント』、『西洋人の眼のもとに』といった中期作品においてもしばしば革命を題材にしたが、これらの作品に登場する革命家もつねにアイロニカルな距離を保って描かれている）。しかし、「わたしたち」と「彼ら」をあえて区別することは、ワットの議論への反証となりうる。「わたしたち」の感情は分断への暴力には直接にはつながらないことによって、いまだ普遍性を担保しうる。

それでは、「わたしたち」とはどのような集団なのか。ワットも指摘するように、不条理な感情に突き動かされる船員たちは、『群衆心理』（一八九五年）でギュスターヴ・ル・ボンが定義した無意識的で非文明的な「群衆」のイメージ――「昂奮しやすく、衝動的で動揺しやすい性質」――に近い[57]。だが、群衆とはあくまでドンキンを支持する人びとの名称（「彼ら」）であって、語り手を含む「わたしたち」は群衆とイコールではない。おそらく「わたしたち」は、作品のなかでは「彼ら」に比べてより肯定的な価値を担っている。小説の最後に初めて登場する一人称単数の語り手は、去りゆく「わたしたち」に向かってこう告げる。「わたしたちは、ともに不滅の海の上で、自分たちの罪深い生の意味をひねりだそうとしてきたではないか。さらば、兄弟よ。きみたちはよい船員だった[58]」。この台詞は、「わたし」が「わたしたち」からの分離を宣言するものではある。これから船を去り、小説を書き始める作者自身の姿であろうか。しかし、「わたし」が「きみたち」と二人称で呼びかける「よい船員」たちは、序文で連帯を呼びかけられる「あなたがた」、すなわちコンラッドがその可能性に賭けようとする人間の集団へとつながっていくようにも読める。

『ナーシサス号の黒人』の「わたしたち」は、二〇世紀的な大衆である。それは、ナーシサス号という船から突如として溢れ出てくる人びとであり、感情的で扇動されやすいかもしれないが、すぐれた可能性を秘めているようにみえる存在である。マルクスが『ルイ・ボナパルトのブリュメール一八日』で分析したフランスの農民大衆に似て、いまだ階級として組織されてはいないが――「彼らは自分で自分の代表を出せないので、代表してもらわなくてはならない[59]」状態に置かれているが――潜在的には歴史を大きく動かす主体となりうる人びとでもある。一九世紀末のコンラッドは、まさにそのような人びとに向けて、期待とともにみずからの芸術を託したのだった。

五　わたしたちの時代へ

コンラッドの時代からふたたび、わたしたち自身の時代に戻ろう。二〇世紀前半の大衆文化を象徴するメディアが映画であったとすれば、二〇世紀後半はテレビの時代だった。テレビによって人びとは、映画館という閉じた空間を共有することなく、同じ時間に同じ視覚情報を体感することができるようになった。メディアの変容は、その受容者としての大衆のあり方の変容につながる。

大衆文化を嫌う孤高のエリートとみなされることもあるサイードだが、実際には彼はマスメディアを駆使して、学問の世界の外部の聴衆に積極的に語りかけようとした知識人でもある。「知識人は、公衆（public）に向けて、あるいは公衆のために、メッセージなり、思想なり、姿勢なり、哲学なり、意見なりを表象＝代弁し（representing）、具現化し、明晰に言語化できる能力にめぐまれた個人である」[60]というサイードの言葉は文字どおり、BBCの電波に乗って、大学のキャンパスの外の世界に向かって発せられた言葉だった。しかし、二〇〇三年に亡くなった知識人は、ツイッターやYouTubeといったあらたなメディアが大衆の直接行動の原動力となり、革命をも引きおこす時代を経験することはなかった。サイード自身が語りかける対象として想定した、おそらく公共放送の視聴者をモデルとする「公衆」は、わたしたちが現在イメージする大衆像よりもずっと――そしておそらく、コンラッドが描いたアンビヴァレントな大衆以上に――近代市民社会の理念を引きずっていたようにも思える。サイード型の知識人がもっとも確実に「権力に向かって真実を語ろうとする言葉の作者」[61]たりうるのは、啓蒙化された理性的な市民からなる公共空間、代議制民主主義が健全に機能する「近代社会」の理念型においてであろう。「アフィリエーション化された社会がふたたびフィリエーションを模倣し再生産する」[62]と主張するサイードが世俗批評家に期待していたのは、フィリエーションとアフィリエーションの違いを認識しつつ、前近代的なフィリエーションが再生産される過程を批判的に検証するという仕事だった。そうした意味でサイードは、自覚的な〈遅れてきた近代主義者《モダニスト》〉だった。

　批評家の言葉も仮想空間上の無数の「つぶやき」として拡散していく現代のメディア環境にあっては、サイードが理想としたような知識人はもはや大衆の代表でもなければ、求心力でもなくなってしまったようである。だが、もしかすると、知識人、批評家、そして芸術家がすべて大衆に吸収されてしまった現代であるからこそ、コンラッドが夢みた「数多の心の孤独をひとつに縫いあわせる連帯」はむしろ実現可能なのだろうか。

第三章　歴史、人生、テクスト――晩年のコンラッドと世界戦争

一　歴史、人生、テクスト

コンラッドは「小説《フィクション》は歴史である【1】」と宣言したが、実のところ彼自身の人生こそが、書いた小説と同じくらいかそれ以上に近代の世界史を体現している。ユゼフ・テオドール・コンラート・コジェニオフスキは一八五七年の暮れ、地主階級のポーランド人としてウクライナに生まれた。父アポロがポーランド独立運動にかかわって逮捕されたため、幼少期は一家でシベリアで過ごした。両親の死後はロシア支配下のクラクフで保守的な叔父の庇護下で成長したが、一六歳でマルセイユに旅立ち、船乗りとなった。その後、一八九四年に最初の小説

『アルメイヤーの阿呆宮』を書きあげるまでの二〇年にわたって、船員として東南アジア、アフリカ、南米――多くはヨーロッパ列強に植民地化されつつあった地域――を訪れた。その経験は、彼の作品の主要な舞台であり、作品のテーマそのものでもある。コンラッドの人生は、近代資本主義の活動がますます膨張し、領土的に拡大していくなかでかたちづくられ、同時にその矛盾と暴力に翻弄され続けた。[2]

中期の傑作、『ノストローモ』（一九〇四年）や『シークレット・エージェント』（一九〇七年）を刊行した後、五〇代になっていたコンラッドが、ついに自分自身の人生を作品にしようと考えたとしても不思議ではない。自伝は、一九〇八年から翌年にかけて『いくつかの想い出』として連載され、一九一二年に単行本版（後に『個人的な記録』と改題）として刊行された。ただしその自伝は、厳密な意味でも未完に終わっている。コンラッドはもともと、作品の「終わり」を書くのが苦手な作家だった。『ロード・ジム』や『ノストローモ』は終わらせるのに苦労して、想定外の長さの作品になった。[3]『いくつかの想い出』は連載の途中で中断されたが、単行本として出版するときにコンラッドは残りの部分を書き足すことはせず、そのままのかたちで刊行した。

しかし、そもそも自伝とは、未完のプロジェクトであることを運命づけられた作品である。

自伝が作者の晩年期に書かれることが多いのは事実だが、自伝を書いた後も作者の現実の人生は続いていく。実際、単行本版が刊行されてから二年後の夏に第一次世界大戦が勃発し、コンラッド自身の人生においても重大な危機と転換点をもたらした。イギリスがドイツ・オーストリアに宣戦布告したため、家族とともにオーストリア領クラクフに滞在していたコンラッドは、旅券に書かれたポーランド名のためにイギリスへの帰国を阻まれそうになった。[4] その数か月後には、息子ボーリスが志願兵として前線に出ていき、コンラッド自身も愛国主義が喧伝されるイギリスで、ポーランド系英国人として精神的に不安定な時期を過ごしている。

一九二四年、六六歳で死去したコンラッドにとって、五〇代はすでに文字どおりの意味で晩年期にさしかかっていた。『闇の奥』や『ノストローモ』といった代表作をすでに発表し終えていた作家にとって、晩年期とはどのようなものだったのだろうか。芸術家の老いた身体は、その作風《スタイル》にどのように関係し、いかなる影響を及ぼすのか――そうした問いは、芸術作品を論じるうえで有効な問いであるのか。これらの問い、すなわち「身体の状態と美的様式のあいだの関係」[5]を問いなおすことが、遺作『晩年のスタイル』（二〇〇六年）に収録されたサイードの論考「無時間性と晩年性」における中心的な企図である。「わたしたちはすべて、意識的であるという単純な事実ゆえに、自分の人生について考え、そこから何かしらのものを得ようとする。自己形成は歴史の基盤のひとつであり〔……〕本質的には、人間の労働の成果である」[6]、老齢化した芸術家の身体とその美的様式の関係を再検討することは、サイードにとって、自身が生涯をかけて探究してきた主体と意図の問題の集大成であり、彼の労働の最期の成果だったのだろう。この論考でサイードは、アドルノが後期ベートーヴェンの作品を分析する際にもちいたSpätstilという概念を発展させて、次のように論じる。芸術家は齢をとるにつれて成熟し、晩年の作品はこれまでのキャリアの集大成として調和、弁証法的な解決や和解といった兆候を示すようになると、一般的には考えられている。しかし、芸術家のなかには、晩年になってむしろこれまで築きあげていた作風を破壊し、新しい問いや苦悩を突きつけてくる者もある。ベートーヴェンもそのひとりで、彼の後期作品はけっして偉大なるジンテーゼには到達せず、対立するものたちは和解不能なまま残されている。彼の晩年のスタイルは、同時期に勃興しつつあったブルジョワ的秩序に従うことを拒否するとともに、来たるべき新しい音楽——サイードによれば、シェーンベルクの音楽——の前触れでもある[7]。さらにサイードは、ベートーヴェンを論じるアドルノ自身が、まさにこうした晩年性の形象——「反時代的で、スキャンダラスで、破滅的《カタストロフィック》でさえある、現在についてのコメンテータ[8]」であると指摘している。

トマス・モーザーが一九五七年の著書でコンラッドの晩年期は「衰退期」であると宣告して以来[9]、長らく彼の晩年の作品の批評的評価はそれほど高くはなかった[10]。大戦中に執筆された自伝的な中編小説『シャドウ・ライン』だけは例外的に高く評価されているが、一見すると後期ベートーヴェンのような斬新さはなく、円熟期の印象のほうが強い作風である。しかし地味なやり方ではあるが、コンラッドもまた、サイードがいう意味での「晩年のスタイル」に挑戦していたのではないかと思われる。『個人的な記録』、『シャドウ・ライン』といったこの時期の自伝的作品は、たんにコンラッドの想像力の衰えを意味するのではなく、あえて小説（フィクション）と人生・歴史（ノンフィクション）の境界線上にあるテクストを紡ぐことによって、ヨーロッパ近代の秩序が瓦解していく二〇世紀の経験を書き残そうとしたのではないだろうか。本章では、このふたつの作品を中心に論じつつ、晩年のコンラッドのあらたな「始まり」がどのようなものであったか、あきらかにしていきたい。

二　反復される「始まり」

『個人的な記録』は一九〇八年一二月から翌年六月にかけて、『いくつかの想い出』という題名で、フォード・マドックス・フォードが創刊した高級文芸誌『イングリッシュ・レヴュー』に連載された。それ以前にもコンラッドはさまざまな雑誌に自伝的なエッセイを寄稿しており、それらをまとめて『海の鏡』（一九〇六年）として出版している。『海の鏡』と比べると、『個人的な記録』はあきらかに美的な野心のもとに構想されている。フィッシャー・アンウィン宛ての手紙のなかでコンラッドは、この作品は「ゴシップ的な性質のものではなく「英文学に地位を占める〔……〕作家の人生と作品の両方にとって重要である」と述べている。[11]

自伝は、コンラッド研究のなかでは、あまり日の目を見ないジャンルである。研究者は彼の自伝を伝記的事実の（あまり信頼がおけるわけではない）情報源として活用しているが、自伝がそれ自体を目的として研究されることは少ない。数少ない研究のなかでおそらくもっとも重要なのは、エドワード・サイードが博士論文をもとに出版した単著『ジョゼフ・コンラッドと自伝という虚構』（一九六六年）である。[12] この著作の意義は、たんにコンラッドの自伝研究のさきがけとなったというだけではなく、コンラッドの自伝的な文章の考察が、植民地化された主体についてのサイードの思考の基礎を築いたからである。サイード自身、晩年には「自伝的であること」が彼の批評にとっては欠かすことのできない要素になった。[13]『自伝という虚構』でサイードは、明示的に自伝として書かれたテクストだけでなく、著者の序文や書簡、自伝的小説などを含めて分析している。そうすることによって彼は、同時代の構造主義的自伝理論から逸脱するとともに、作品を自律的な小宇宙とみなし、自伝は作品解釈のあくまで補助的手段としてのみ参照するような当時のニュー・クリティシズムの方法論をも退けている。このことはまた、作品の外部を思考することがサイードのアカデミック・キャリアの出発点であったことをあきらかにしているという点でも興味深い。

筆者はサイードの自伝についての考え方を支持しているが、本章ではひとまず、コンラッドの『個人的な記録』をよく練られたプロット、すなわち因果律で関係づけられた「始まり」、「中」、「終わり」をもつひとつの作品であるという前提のもとに考察を始めたい。あるいはそれは、作者の人生を自律的な作品として、はっきりとした始まりと終わりをもつ物語として読まれたいという、自伝作者の「意図」でもあろう。しかし、本章が最終的にあきらかにしたいのは、自伝を自律的に読むという試みはかならず失敗するということである。サイードが看破したように、自伝テクストと「外部」との境界線は、「作者の人生を書く」というジャンルの定義上、つねに曖昧である。また当然のことながら、人生には結論などなく、できごとはかならずしも原因と結果で結びつけられているわけではない。

実際のところ、『個人的な記録』は自伝にしては奇妙に難解なテクストである。脈絡のなさそうな饒舌と時系列の混乱は、自伝とは作者の人生に起こったできごとを年代順に記述するものだという一般的な理解に反している。序文ではコンラッド自身、この作品が批評家によって「散漫さ、時系列の無視（それ自体が犯罪である）、形式の奇抜さ（下品である）」[14]と非難されたと述べている。自伝の第五章は『イングリッシュ・レヴュー』連載時では第二部の第一章にあたるが、この章の冒頭でコンラッドは、真摯さを装う滑稽な語り口で、自身の作家としての人生の起源神話を否定している。

作家にとってもっとも非文学的な職業に就き、文学への野心が彼の想像力の世界にはけっして入ってくることはなかったという意味において、最初の本が誕生するというのは、説明のつかないできことである。わたしの場合、これだと指摘し、執着できるようないかなる精神的ないし心理的原因にも辿りつくことができない。私のもっとも偉大なる才能は何もしないでいられるというすばらしい能力であるから、退屈がペンをとる合理的な刺激になったとさえ言うことはできない。いずれにせよ、ペンはいつもそこにあったし、そのこと自体、なにも特別なことはない。[15]

コンラッドは、「わたしはけっして自分の存在を正当化したいとは思わなかった」「わたしは生きてきた、と言えばそれで十分なのだ[16]」とうそぶく一方で、ジャン＝ジャック・ルソーを自身の宿敵と名指して批判する。ルソーは「自分自身の存在を正当化するという仕事」を「きわめて徹底的に[17]」やり遂げた作家である。同じ章の後半では、「将校の娘」をめぐる些細な逸話が披露されている。『ノストローモ』執筆中に彼女が書斎に入ってきて邪魔をしたために、「彼女は少なくとも二〇人分の人生をわたしから奪いとっていった」とコンラッドは嘆く。「そのひとつひとつが、彼女の人生なんかよりずっと刺激的でリアルだったのに[18]」。コンラッドの女性嫌悪の表出であるともいえる逸話であるが、こうしたあきらかに作品全体のプロットとは関係のなさそうな逸話は、将校の娘自身と同じくらい「邪魔」な存在でもある。しかしながらコンラッドは、こうした逸話こそが、自伝をより自伝らしくするものであるという。「この恐るべき、しかし……完全に真実でもある回想は、まるまる一冊分のジャン＝ジャック・ルソー風の告白よりもずっと多くのことを教えてくれるのだ[19]」。コンラッドがここでルソーを名指して批判していることは、彼の自伝を理解するうえで重要である。ロマン主義的な「告白」という自伝形態は、誠実な自己が自発的に真実を告白するという前提のうえに成立しているが、実際には、そうした自己を告白することによって遡及的につくりだす「自己正当化」の装置にすぎないと、コンラッドは喝破している。そのうえで、彼は告白に代わる新しい自伝の形態――「反告白」――をみずからの自伝で実践しているのだ。

　コンラッドの「反告白」の重要な戦略のひとつは、できごとが語られる順序が時系列ではなく、独自の論理に基づいていることである。その論理が、一見すると互いに関連性のなさそうな逸話のあいだにある種の秩序を与えている。彼があるひとつの逸話を語り始めると、その逸話のなかに出てくるひとつのトピック、場合によってはたったひとつの単語によって、（しばしば時系列的には過去に遡って）別のできごとが想起され、そのできごとはさらに別のできごとを示唆することになる。自伝の最初の四章（『イングリッシュ・レヴュー』版では第一部）は、コンラッドのデビュー作『アルメイヤーの阿呆宮』の執筆をひとつのテーマとして、緩やかなまとまりをもっている。コンラッドはみずからの最初の文学作品がどこから始まったのか突きとめようとし、そのために彼が小説の草稿とともに訪れたすべての場所を追跡しようとしたかのようである。だが、第一章の冒頭の一文では、あらかじめこう宣言されている。「本は、どんな場所でも書かれうる」[20]。

　回顧的な身振りによって、コンラッドの自伝は原因と結果の時系列を故意に反転させ、物語においては結果が原因に先行している――そのことは、時系列に沿って並べられたルソーの告白の直線的な語りにおいては隠蔽されている——と示唆する。いうなれば、コンラッドはロマン主義的な自己の起源ではなく、テクストを書いている主体の「始まり」を探究している。サイードによる「始まり」の定義をもう一度振りかえっておこう。「ひとつの始まりを名指すことは、一般的には、その帰結としての意図を名指すことである」がゆえに、始まりとは「意味の意図的な生産の第一歩」である。[21] しかしながら、コンラッドの自伝においては、「始まり」は無限に発見される——というよりはむしろ創造される。彼の最初の小説（すなわち作家としての彼の職業人生）の始まりは、船乗りとしての最後の航海を開始した日だったかもしれないし、小説についての最初の批評を受けとった日だったかもしれない。あるいは、幼少期に世界地図の空白の場所を指さし、ここに行きたいと宣言した日でもありえるし、小説の最初の一語を書いた日でもあり、初めて英文学の作品を読んだ日でもある。あるいはそれは、ボルネオでアルメイヤーという名の人物に出会った日なのだろう。このように、この自伝の「第一部」は、多数の始まりを生産し、そのことによって単一の起源という概念を切り崩すような作者性のアレゴリーとして読むことができる。

なかでも決定的にみえるのは、幼少時に世界地図を指さしたという逸話である。

それは一八六八年、わたしは九歳かそこらだったが、当時のアフリカの地図を眺めていて、そのころはまだ解決されざる謎を表わしていた空白の部に指を置き、いまではもはやわたしの性格にはなくなってしまった絶対的な確信と驚くほどの大胆さをもって、独り言を呟いた。

「大人になったら、そこに行くんだ。[22]」

この逸話は、コンラッド自身が『闇の奥』でも同じような場面を書いているころからますます特権化された場面、いわゆる「原風景」であるかのようである。『闇の奥』では、地図の空白の部分が、物語現在においてはすでに消失していることが指摘されている。「わたしの少年時代以降、それは川や湖や地名で埋め尽くされた。わくわくするような謎を秘めた空白――少年が輝かしい夢にうっとりするような真っ白な場所――ではなくなっていた。それは、闇の場所になっていたのだ。[23]」マーロウがアフリカに赴任した一八八〇年代には、空白のスペースはすでに埋め尽くされて闇となり、強欲なヨーロッパの一部となっていた。しかし、『闇の奥』出版のおよそ一〇年後、自伝のなかでこの場面が再演されたときには、どういうわけか「そこ」が「空白」であることのみが強調されている。『アルメイヤーの阿呆宮』の作者にとっての原風景は意図的に指さされているが、皮肉なことに、作者の指が指し示すのはあくまで空白の場所である――あたかも、名指されうる起源は欠如でしかないかのように。

そう、わたしはそこへ行った。そこはスタンリー滝の辺りの地域だが、一八六八年の時点では、地球の文字で埋められた表面に残された白い部分のなかでももっとも真っ白な場所だった。そして『アルメイヤーの阿呆宮』の草稿、それをわたしはまるでお守りか宝物のように持ち歩いていたのだが、その草稿もいっしょにそこに行った。[24]

三　「終わり」の感覚

『闇の奥』ではアフリカがヨーロッパの過去であり先史時代として位置づけられている（このことはヨーロッパ中心主義的なステレオタイプとして批判できる）が、『個人的な記録』でも同じように、異なる地域はすべて時系列に並べられ、空間的差異はしばしば時間の差異として表象されている。ポーランドとイングランド（イギリス）は『個人的な記録』に現れるもっとも重要な地域だが、いずれの地域においてもその国境線は曖昧である。ポーランドはウクライナ、ロシアと重なりあい、イングランドはしばしばブリテン、そして大英帝国と同義になる。そして、コンラッドの人生において、ポーランドは過去、イングランドは未来を意味している。そのあいだにはヨーロッパという巨大な領域があり、ポーランドとイングランドはともにその両端に位置している。

ポーランドにかんしては、コンラッドはたんに自身の個人的記憶だけでなく、他の人びとや先行する世代の記憶を掘りおこそうとする。「どの世代にも記憶がある[25]」と彼はいう。そして、こうした集団的記憶をつうじて、ひとつのネーションの歴史超越的な物語を再構築しようとするかのようである。確かにポーランドは、コンラッドが特別な意味を付与している特権的な場所である（クリストファー・ゴグヴィルトは、一九一一年版の『個人的な記録』への序文の署名にJ. C. K.とあり、ポーランド語の本名にあるKの文字が含まれているのは、ポーランド、そして愛国者であった父アポロ・コジェニオフスキへの抑圧された同一化の証拠であると指摘している[26]）。一方、ポーランドにかんする挿話群、とくに伝説の愛国者で大叔父にあたるニコラス・Bにまつわる物語を読むと、コンラッドにとっての「ポーランド」が容易には定義できないことがわかる。ニコラスはナポレオン戦争中にはフランス（つまり「ヨーロッパ」）軍の将校であったが、従軍中に激しい空腹からリトアニアで犬を食べてしまった

——ヒロイズムよりもこの些細な逸話が、想像力豊かな子どもであったコンラッドにより強い印象を与えた。さらに、エイブロン・フライシュマンがかつて「ポーランド神話」と呼んだもの、[27]すなわちコンラッドの故郷が「ポーランド、より正確にはウクライナ」[28]であることが、ニコラス・Bをめぐる最後の挿話であきらかにされる。ウクライナの地ではポーランド人は地主階級であり、ウクライナ人農民はポーランド人の独立運動には無関心だった。『個人的な記録』によれば、一八六三年のポーランド人蜂起の際には、ウクライナの農民はニコラスの留守に彼の屋敷を襲って略奪行為をはたらいたという。

〔机が〕倒されたとき、硬貨がチャリンという音が聴こえた。「あれのなかには金がある」と鍛冶屋が叫んだ。一瞬のうちにその繊細な家具の机面が叩き壊され、引き出しのなかにあった八〇枚のロシア硬貨が暴きだされた。当時でさえ、ロシアでは金貨は珍しかった。それを見た農民たちは自制心を失くした。「この家のなかにはもっとあるにちがいない、俺たちが盗ってやるんだ」と元兵士だった鍛冶屋は叫んだ。「いまは戦時なんだ。」他の者はすでに窓から群衆に戻ってくるように叫んでいた。〔……〕金を求めて、気の狂った暴徒は家のなかのすべてのものを叩き割り、ナイフで剥がし、斧で割り、召使が言うには、家中で、いかなるふたつの木片も接合された状態で残ったものはなかった。[29]

ウクライナの農民にとって、ポーランド人は金持ちの支配階級であり、ポーランド独立戦争においては敵ですらあった。ニコラスをめぐる一連の挿話のなかでもとくにこの逸話は、ポーランドが単一の民族的起源ではなく、概念的にも地理的にも不安定で曖昧であることを示している。

コンラッドの描くポーランドは、ヨーロッパという概念とも絡まりあっている。ただし、自伝本文でヨーロッパやヨーロッパ的な事物に言及している箇所では、一九一九年に刊行された全集版に寄せた「作者の覚書」ほどの強い愛着や愛郷心は感じられない。本文では、「ヨーロッパの（European）」という形容詞は、たとえば、一八七三年にコンラッドが家庭教師とともにスイスのロイス渓谷を訪れたとき、ホテルのぱっとしない外観を描写する際に使われている。そのホテルは「ヨーロッパの子どもが普遍的に所有しているおもちゃのノアの箱舟の、航海には適さなさそうな船体の上に載った家に似ている」[30]。汎ヨーロッパ的文化遺産とは、ノアの箱舟のおもちゃにすぎないのだ。しかしながら、一九一九年版「作者の覚書」では、ヨーロッパはあきらかに肯定的な価値を付与されている。そこではコンラッドは、ポーランドと（西）ヨーロッパとの強い文化的絆を強調する。「ポーランド人の気質にとって、文学界でスラヴ主義と呼ばれるものほど異質なものはない」一方で、「ポーランド人の精神性の全体は、その容貌において西洋＝西欧的（Western）であり、イタリアとフランスから訓練を受け、歴史的に、そして現在もつねに、宗教的な問題においてでさえ、ヨーロッパ思想のもっとも自由主義的な潮流に共鳴している[31]」。ポーランドの西欧性とヨーロッパ性の無条件の肯定は、「スラヴ主義」すなわちロシアをヨーロッパの領域から排除しようとする身振りでもある。コンラッドのロシア嫌いはよく知られており、日露戦争をきっかけに書かれた「独裁と戦争」（一九〇五年）では、ロシアは「東洋と西洋のあいだに大きく開いた深淵[32]」であると主張されている。しかし、こうした強迫的な排除の身振りこそが逆説的に、排除されるべき他者（ロシア）が自己（西洋＝ヨーロッパ＝ポーランド）の内側にあること、すなわち自己の構成的外部であることを指し示しているともいえよう。

『個人的な記録』には多数の「始まり」があるが、少なくとも「終わり」のほうは明確に存在するようにみえるかもしれない。第七章は、『イングリッシュ・レヴュー』に掲載された最後のエッセイでもあり、コンラッドが初めてイギリスの船に手を触れた想い出、初めて英語で話しかけられた経験、そして初めて乗船したイギリスの船に掲げられていた、きわめて印象的に描かれたイギリス商船旗（レッド・エンサイン）の光景で締めくくられている。

一マイルも行かないうちに、船（she）は旗を揚げた。入港あるいは出港する船は旗を揚げるように港湾規則で決まっていたからだ。わたしは旗が突如として旗竿ではためき、風に流れるのを見た。レッド・エンサイン！　くすんだ灰色の塊のような南の島、鉛色の小島群を洗い流している透明無色な大気、淡いガラスのような冷たい日の出の空の下に広がる、淡いガラスのような青色の海のなかで、その旗は見渡すかぎりで唯一、燃えるように鮮やかな色のついた点だった――炎のように激しく、やがてその小さな閃光と同じくらい微細な、大きな火が凝縮して反射したものが、水晶玉のように透明な心のなかに燃えあがった。レッド・エンサイン――温かな旗が象徴のごとく、庇護してくれるかのごとく海の上で大きくはためいており、その旗こそはこれからの多くの歳月のあいだ、わたしの頭上にかかる唯一の屋根になる運命なのだった。【33】

イギリス商船旗は、人生という結論のない物語において、劇的で決定的な結末であるかのように出現する。旗の炎のような赤色は、イギリスへの忠誠心の象徴として海原の風景のなかに浮かびあがり、「イギリス人」となるコンラッドの運命を指し示しているようである。

しかし、実のところ、コンラッドの自伝はここで終わるように計画はされていなかった。『イングリッシュ・レヴュー』の連載はコンラッドの病気によって一時中断され、その後フォードとの意見の相違が原因で連載を取りやめたのだ。[34] 当初、コンラッドは単行本にするために章を書きたそうと考えていた。[35] だが結局、計画は実行されなかった。一九〇九年七月三一日付のフォード宛ての手紙のなかでコンラッドは、意図せざる中断でしかなかったこの結末を、全体の構想にふさわしいエンディングだとして正当化しようとしている。「それ〔エンディング〕は、若いころに言及しつつ、文学者としての生と船乗りとしての生を並行して扱おうという私の目的を完璧に表現している」。さらに「それは実際に、私の書いたものを初めて評価してくれた言葉で始まり、初めて個人的に英語で話しかけられたときの言葉で終わっている」[36]。ここでコンラッドは、彼にとっては作家になることとは英語作家になることと同じであると示唆している。『いくつかの想い出』の第一部を構成する作家の自伝は、第二部のイギリスの船乗りの自伝に結びつけられているのである。そもそもは偶然の産物でしかなかった自伝の結末によって、テクスト全体がイギリス（イングランド）と英語《イングリッシュ》の賛美として読まれることが可能になっている。

英語はイギリスと同様、自伝のなかでしばしば反復され、あきらかに重要でもあるテーマである。コンラッドが初めて英語に接したときの逸話は、微かなアイロニーとともに強調されている。それは、彼が一八七三年にスイスで出会ったふたりの英国人《ブリティッシュ》技師によって話された言語であるが、そのうちのひとりはスコットランド人で、訛りのある英語をしゃべっていたという。「朝食のテーブルで男たちが英語を使っており、生活の便益のためだけに無駄に言葉を費やしたりはしないやつらではあったが、わたしは英語の音をそれなりには聞くことができた。これが〔……〕私が英国人に初めて接触したときだった。いまになって思えば、禿げ頭の男は強いスコットランド訛りでしゃべっていた[37]」。

自伝執筆はフォードの提案だったとコンラッドは述べているが、伝記作者ズジスワフ・ナイデルによれば、コンラッド自身も自分の人生を語ることには強い動機があった。一九〇八年八月に『デイリーニュース』に掲載されたロバート・リンドの記事に、コンラッドは反論したかったのだろうとナイデルは推察している。リンドはコンラッドがポーランド語ではなく英語を「選択」したことを批判し、次のように主張した。「自分自身の言語で色づけされた世界を見ることを忘れた〔作家〕は——言語は、誰にもほとんど理解できないようなやり方で、思考と事物に色づけするものであるから——視覚の集中力と強度を失いがちであり、それがなくてはもっとも偉大な文学はつくられることはない[38]」。確かに、第六章（『いくつかの想い出』では第二部第二章）の冒頭には、リンドと思しき「屈強な男」への言及がある。「彼は実質的にわたしを完膚なきまで叩きのめした。なぜなら作家の実質とは、彼の書いたものなのだから[39]」。

　自伝全体をつうじて、コンラッドは英語が自分の運命の言語であることを証明しようと試みている。皮肉なことに、リンドの言語ナショナリズムに反駁するために、コンラッドはしばしば英語について同じような本質主義に依拠してしまっている。しかし同時に、彼は言語とナショナリティのあいだの乖離に自覚的でもある。第六章後半で語られている英国海上貿易会社の二次試験の逸話のなかで、試験の最後にコンラッドは試験官に向かって次のように宣言している。「船乗りになる運命ならば、英国《ブリティッシュ》の船乗りになろう、それ以外にはならないと、自分に言い聞かせていました[40]」。この言葉の後には、彼がどのようにして船乗りになったかについての長々とした回想が続いている。彼はこう告白している。「わたしが試験の最後に言ったことは完全に真実だった。「船乗りになるならイギリスの船乗りだ」という決意はすでに、わたしの頭のなかでまとまっていた。もちろん、ポーランド語でだが」——つまり、「英語は六語も知らなかったから」[41]。一方、「作者の覚書」ではコンラッドは、「わたしが英語で書く能力は、生まれもったどんな才能とも同じくらいに自然なものである」[42]とまで主張し、友人ヒュー・クリフォードが流布した神話——コンラッドの文学言語はフランス語と英語のあいだで意図的に選択された——でさえ否定しようとしている[43]。

イギリスと英語にたいする愛着は、自己が完全に分解して世界中に拡散される危険を回避するための最後の砦であるとも考えられよう。本はいたるところで——どこにいようとも——書くことはできるかもしれないが、ここ（自伝のエンディング）から先は、彼はイギリスで本を書くことに決めたのである。イギリスはこうして、統一された「ヨーロッパ的」あるいは「西洋的」自己の究極の目標となる。「終わり」としてのイギリスは、願望成就の瞬間である。だが、もっとも重要なのは、『個人的な記録』のテクスト全体はこうしたハッピーエンディングへの期待には完全に背いている点である。テクストは、この「終わり」が一時的な措置にすぎず、コンラッドの人生の決定的な意味ではないことを示し続けている。イギリスにまつわるものすべてが、レッド・エンサインほど畏怖を呼びおこすわけではない。テクストの真ん中あたりには、イギリスを体現するもうひとつの形象が現れる。それは、先述の一八七三年のスイス旅行で出会った「忘れられないイギリス人」[44]である。

彼は半ズボンの作業服《ニッカーボッカー・スーツ》を着ていたが、同時に編みあげ靴の下には短い靴下を履いていた。衛生上の理由か、良心のゆえか、いずれにせよ理由が想像力に富むものであるのはまちがいなく、ふくらはぎは公衆のまなざしと高地のさわやかな大気にさらされ、その大理石のような状態と若々しい象牙色の豊かな色調によって、見る者を幻惑していた。[45]

このイギリス人が印象的だったのは、まさにこの滑稽な外観のせいだったのだが、この男が「わたしの未来の大使[46]」だったのかどうかと、コンラッドは自問している。コンラッドが英文学と初めて出会うのは、まさにイギリスという「未来」がポーランドという「過去」と出会うというできごとでもある。第六章でコンラッドは、『アルメイヤーの阿呆宮』を書き始める前夜に何を読んでいたか、思いだそうとする。アンソニー・トロロープの小説を読んでいたかもしれないと、彼は考える。トロロープは彼が「初めて作品を英語で読んだイギリスの作家のひとり[47]」であった。しかし、それはけっして英文学に初めて接触した経験ではなかった。なぜなら、英語が読めるようになる以前にすでに、「ヨーロッパで名声を得ている〔英文学の作家[48]〕」の作品を読んでいたからである。そして、彼を英文学へと最初に導いたのは『ニコラス・ニックルビー』であると主張し、その小説がポーランド語にほぼ完璧に翻訳可能で、「いかにみごとにニックルビー夫人がポーランド語でとりとめもないおしゃべりをし、いかにみごとに悪人ラルフが同じ言語で怒り狂うか」[49]に驚愕したという。

しかしながら、このように書いた直後に、コンラッドは自分がまちがっていたと認め、自分が最初に読んだ英文学作品は実は、父によって翻訳されたシェークスピアの『ヴェローナの二紳士』の草稿だったと告白する。コンラッド自身の説明によれば、それは一家がロシアに流刑になっていたときのできごとで、母が亡くなって一年も経っておらず、彼自身は九歳、「Tという町の郊外」に住んでいた。[50]

その日の午後、家主と共有している大きな庭で遊ぶかわりに、わたしは父がいつも書きものをしている部屋でうろうろしていた。どうして父の椅子に這いのぼるなんて大それたことをしたのか、自分でもわからなかったことは確かだが、数時間後、父が発見したのは、わたしが椅子に坐ってひざまずき、机に肘をつけ、綴じてない草稿を両手でもって、頭を草稿の上に被せているところだった。私はひどく混乱して、叱られるだろうと覚悟した。父は戸口に立って少し驚いた様子で私を見ていたが、一瞬の沈黙の後に彼が発した唯一の言葉はこうだった。
「そのページを声に出して読んでごらん。[51]」

このできごとをつうじて、コンラッドは「父の書き物机との関係における、いくぶんかの自由の権利」を獲得したという。[52]この挿話は、コンラッドの英文学へのイニシエーションがポーランド語の翻訳へ、そして父アポロへと遡行するというアイロニーを示唆している。アポロの書き物机は、コンラッド自身の文学者としての人生のさらなる「始まり」のひとつとなる。この挿話のなかでコンラッドは、父の机が象徴するポーランド文学を再発見したともいえる。そのことによって、英文学という「終わり」はポーランド文学という「始まり」を指し示すことになるのである。

これまでみてきたように、コンラッドの自伝的テクストは、ヨーロッパ（西欧）、イギリス、ポーランドといった地理的メタファーをつうじて自己を記述しようとしている。しかしコンラッドにとって、これらの地域はいずれも統一された自律的な場所なのではなく、各々がアンビヴァレンスと矛盾を内在させている。こうしたメタファーによって語られる自己の物語は、単線的なナラティヴ——単一の「始まり」と決定的な「終わり」をもつ物語——にはなりえない。もっとも説得力あるコンラッド像は、これらの複数化された結論のない物語をつうじてのみ立ち現れる。すなわち、かつてサイードが次のように描写したコンラッドである。「フランス語を話し、自主亡命し、きわめて明瞭にものを言うポーランド人、かつては船乗りだったが、いまや自分でもあまりよくわからない理由で、いわゆる冒険物語を書く作家になっていた。」[53]

四　「遅延される解読」からアレゴリーの迷宮へ

第一次世界大戦の講和条約がヴェルサイユで締結された直後、T・S・エリオットは老人を語り手とする「ゲロンチョン」(一九二〇年)という詩を書いている。この詩は大戦について直接言及するわけではないが、第一連は戦場の描写で始まっている。

はい、このわたし、乾いた月をくらす老いぼれめは、
男の子に本を読んでもらって、雨を待ち。
わたしは激戦の城門は存じませぬ、

熱い雨の中で戦ったこともなく、
塩からい沼に膝までつかって短剣をかざし
あぶに食われながら戦ったこともありませぬ。【54】

Here I am, an old man in a dry month,
Being read to by a boy, waiting for rain.
I was neither at the hot gates
Nor fought in the warm rain
Nor knee deep in the salt marsh, heaving a cutlass,
Bitten by flies, fought.【55】

戦場へ行くには齢をとりすぎていた老人の語りは、子どもに戦争の本を読んでもらいながら、自分が経験したことのない戦場の情景を、「戦ったこともない neither … Nor fought」という否定文のなかでアイロニカルに浮かびあがらせている。当時のエリオットはまだ三〇歳そこそこだったからもちろん老人ではなかったが、何かしらこうした「後れ」の感覚――同時代特有の経験を共有するには、すでに遅すぎたという感覚――を抱いていたのだろう。この詩のエピグラフには、シェークスピアの『尺には尺を』からの引用で、次のようにある。「青春もなければ老後もない／そんなものは昼寝にみる／あだ夢にすぎぬ。」青春と老後のあいだで奇妙に時間を超越してしまった詩人の影を、ここに見ることができる。

『晩年のスタイル』収録の論考「晩年のスタイル瞥見」で、サイードはモダニズム文学そのものが「晩年現象」であり、「新しいものへの運動というよりはむしろ、老化や終末への運動」であると述べている[56]。こうした時間的逆行運動の英語文学における形象としてサイードが挙げているのは、『日陰者ジュード』に登場する〈ときの老人《リトル・ファーザー・タイム》〉である。この奇妙に老成した若者は、サイードの言葉によれば「始まりと終わりのモンタージュであり、青春と老年期がいっしょくたになった異常な状態[57]」を体現している（サイード自身はここでは直接言及してはいないが、第一次大戦中から戦争直後に発表されたエリオットの初期の詩作品、『J・アルフレッド・プルーフロックの恋歌』や「ゲロンチョン」などの語り手の老成ぶりもまた、モダニズムの晩年性の形象だといえるだろう）。

「若者のなかに老人を見る」感覚は、同時期に発表した「伝統と個人の才能」（一九一九年）のなかでエリオットが定義した「歴史感覚」、すなわち「無時間的なものと時間的なものをいっしょに感じる」[58]感覚にもつながっている。鉄道に始まり蒸気船を経て飛行機によって完成するグローバルな交通網によって世界が結びつけられ、同じ時計と時刻表を共有することによって単線的に歴史が進んでいくという感覚が近代の歴史観であるとすれば、エリオットの歴史感覚にはそうした時間性と歴史観への深刻な懐疑がある。「歴史には陰険な通路、謀略の廊下や出口が多い（History has many cunning passages, contrived corridors / And issues）[59]」と、エリオットは「ゲロンチョン」の語り手に言わせている。第一章ですでにみてきたように、こうした近代的（クロノス的）時間への懐疑と抵抗は、二〇世紀転換期から第一次世界大戦前後までの文学においては支配的な感情構造だった。コンラッドが一九〇七年に発表した小説『シークレット・エージェント』の題材となった一八九四年のグリニッジ天文台爆破未遂事件は、まさに近代の時間性を物理的に破壊しようとするテロリズムだった。そして第一次世界大戦こそは、グリニッジ標準時間を物理的に混乱させた「テロリズム」だったといえるかもしれない――ランダル・スティーヴンソンが指摘するように、一九一六年に戦時下の省エネを目的にサマータイムが導入されたからである。[60]

　イギリスがドイツ・オーストリアに宣戦布告した一九一四年八月四日、コンラッドは家族とともに当時オーストリア領だったクラクフに滞在していた。一家はなんとかオーストリアを脱出するものの、一週間遅ければ終戦まで出国禁止になりえた危うい状況だった。一九一五年初頭に『シャドウ・ライン――ある告白』の執筆を開始しているが、その数か月後に息子のボーリスが志願兵となり、翌年二月には前線に出ていく。コンラッド自身は、自分が年齢的に志願できず、戦争のために何もできないことに焦燥感を覚えていたのだろう、「この時期に本や物語や出版について語るのは、ほとんど犯罪的な軽薄さのように思える」などと書簡で告白している[61]。書簡から推察するに、コンラッドの大戦にたいする見解は、彼の帝国主義にたいする見解と同様にアンビヴァレントなものだった。帰化英国人として、彼は周囲のイギリス人たちと穏やかなナショナリズムを共有していたが、ツェッペリン到来に怯えつつも新聞の反ドイツ的プロパガンダには批判的で、ヨーロッパの未来について漠然とした不安感を抱いていた。ロシア革命やアイルランド独立にも冷淡で、戦後のポーランド独立の見通しについてでさえ無関心を装っていた[62]。

『シャドウ・ライン』の執筆開始は一九一五年だが、小説の着想自体は一八九九年に遡り、初期の代表的な短編のひとつ「青春」の執筆とほぼ同時期である。ふたつの作品はともにある程度自伝的であり、「青春時代の回想」という設定も似ている。「青春」は、四二歳になったマーロウが二〇歳のときに初めて「東洋」（バンコク）に行ったときの経験の回想である。

『シャドウ・ライン』のほうは――「告白」という副題があからさまに自伝を装っているが――コンラッド自身の伝記的事実に照らして解釈するならば、五〇代の一人称の語り手が三〇歳ごろに初めて船長としてインド洋を航海した経験の回想なのだろう。コンラッドが一九一五年に青春のテーマをふたたび取りあげた背景には、その数か月後に従軍することになる息子ボーリスの存在があった。この小説は「ボーリス、そして彼と同じように、青春時代に自分たちの世代のシャドウ・ラインを越えたすべての若者たち」へ献辞が捧げられており、コンラッド自身の青春時代の経験が執筆当時の若者たちの戦争経験とも重なることが示唆されている。小説の冒頭部分でも、これから語られる物語が時空を超えた「普遍的な経験」であると宣言されている。

　若者だけに、そんな瞬間《とき》がある。若すぎてはだめだ。若すぎる者には、まともに言えば、瞬間などない。人生の始まる前に、希望が休止も内省も知らぬままに続いていくすばらしい時期を生きるのは、若者になりたてのころの特権である。
　人は、少年期の小門を後ろ手に閉める――そして魅惑の庭に入る。その陰影さえもが希望で輝いている。小道を曲がるたびに誘惑がある。しかもそれは、未発見の国だからではない。すべての人類がそちらの方向に流されていったのを、人はよく知っている。それは普遍的な経験の魅力なのだ。そして人は、そうした経験から、凡庸ではない、あるいは個人的な刺激――ほんのわずかばかりの、自分だけのもの――が得られるかと期待するのだ。[63]

『シャドウ・ライン』の一人称の語り手は、突如として船乗りの仕事に嫌気がさし、一等航海士の職をなげうって「ある東洋の港」（伝記的にはシンガポール）の船員用ホテルに滞在している。だが、帰郷するつもりでぶらぶらしていた語り手のもとに英国船の船長の仕事が舞いこみ、引きうけることになる。その船の船長がバンコクで死亡したため、代わりに船を指揮する人物が必要だったのである。憧れの船長職を手にした語り手は、たちまち仕事への意欲を回復し、バンコクへ赴く。しかし、バンコクで指揮権を引きついだ船は、熱病と長期間の無風状態に苦しめられる。一等航海士バーンズは、すべては死んだ元船長の呪いだと言う。また、熱病の薬として積載していたキニーネが、おそらくは元船長の悪意によって、偽薬にすり替えられていたことがわかる。熱病にかからなかった語り手は、コックのランサムとともに奮闘した末に、船はようやく港（シンガポール）に辿りつく。小説の結末では、語り手は新しい船員を確保したらすぐにまた出港するつもりでいるが、いっしょに働いたランサムは辞職を申しでる。

「青春」と『シャドウ・ライン』を比較すると、後者はあきらかに晩年期の作品だということがわかる。「青春」に登場する二〇歳のマーロウは最初から最後まで無条件に若く、語り手である四二歳のマーロウは、そのような若さを賛美している。一方、『シャドウ・ライン』は、語り手自身が若さを失っていくプロセスを描いた物語として読むことができる。語り手は小説の初めでは若者であることを自覚しているが、航海終了後の場面では、「老いたと感じる」と告白する。[64]だが同時に、この小説では物語の最初から、若さと老いは表裏一体の関係にあるのがわかる。さきに引用した冒頭部分で、語り手は「そうした瞬間をもつのは若者だけだ」と宣言しつつ、続く一文で「若すぎてはだめだ」と留保をつける。船長のポストを手に入れ、航海に出る直前、自分より数歳年上である一等航海士バーンズ氏の顔を見た語り手は、自分の若さを「自覚する（became aware）」とともに、「自意識的になる（becoming self-conscious）」。[65]

「青春」と比較したときの『シャドウ・ライン』のもうひとつの特徴は、物語の展開が循環的だということである。第一章でも述べたとおり、コンラッドの海洋小説の多くは「船が出航して目的地に着く」という単純なプロットと、そのプロットの遂行を阻害して遅延させせるさまざまなできごとから成りたっている。「青春」では、マーロウの乗る古い帆船は積荷の石炭が発火して炎上してしまうが、彼自身はボートで脱出して「東洋」（伝記的にはバンコク）に着く。遅延と脱線を経たうえで最終的には目的地へと到達する、直線的な航海である。『シャドウ・ライン』も、バンコクからシンガポールまでの航海は、同じような構図――『始まり』のサイード用語を借りれば、「権威」と「妨害」の関係――で説明できる。しかし小説全体を見ると、語り手はシンガポールを出発してバンコクに停泊中の船へ行き、そこから船を指揮して元の港に戻ってきている。それだけではなく、小説の最後で下船を決意するランサムは、冒頭での語り手自身の姿を彷彿とさせ、ここからまた同じ場所で同じような若者の物語が反復されることを暗示している。

　自然災害、労働運動、人間の悪意や過ちによってもたらされる「遅延」はコンラッドの海洋小説の主要なテーマであるが、「遅延」はコンラッドの形式的な特徴、語りの手法とも関係がある。『一九世紀のコンラッド』でイアン・ワットは、コンラッドの描写手法を印象主義と結びつけ、「遅延される解読（delayed decoding）」という術語を生みだした。ワットによれば、それは「精神が外界からメッセージを受信するときの時間的な前進運動と、それよりはずっと遅い、意味を理解する内省的プロセスとを組みあわせた」[66]語りの手法と定義されている。この「遅延される解読」の典型例として、ワットは「青春」のなかの一節、語り手マーロウが船の炎上を知覚する過程の描写を引用している。

大工の長椅子はメインマストより後方にあった。わたしはそれにもたれかかってパイプを吸っており、大工は、ほんの若造なんだが、わたしに話しかけにきた。彼はこう言った。「うまくやったと思うよ、違うかい？」そのときわたしは、この馬鹿者が長椅子をがたがた動かしたと感じ、いらいらした。わたしはぶっきらぼうに言った。「やめろ、大工。」そしてすぐさま、奇妙なざわざわ感、ばかげた妄想みたいな感覚に気がついた——なぜだか空中に浮かんでいるような感じだった。鬱積した息が吐きだされたような——まるで千人の巨人がいっせいにプーっと言ったみたいな——音があたりいっぱいに聞こえ、鈍い衝撃を感じて、突然肋骨が痛んだ。まちがいない、わたしは空中にいて、わたしの身体は短い放物線を描いて飛んだのだ。しかしその放物線は短かったといえども、そのあいだにいろいろと思考をめぐらせることができた。次の順序でだ。「こりゃあ大工のせいじゃない——じゃあなんだ？——なんかの事故だ——潜水艦が爆発したか？——石炭だ、ガスだ！——なんてこった！　吹き飛ばされたんだ——みんな死んだな——俺は艙口に落っこちるんだな――なかに火が見えるぞ。[67]」

この一節では、マーロウが受けとるさまざまな直接的な知覚は時系列にしたがって記述され、その知覚の総体としての意味――石炭の燃焼による船火事――は、一連の知覚と思考をつうじて徐々にあきらかにされる。直接的な知覚と意味の理解のあいだには時差があり、最終的な意味の開示にいたるまでの時間が知覚した刺激についての多様な解釈の可能性を開いているとともに、近代の単線的時間の感覚を攪乱している。ワットはまた、こうした記述が

「喜劇的効果」[68]をもたらすとも指摘しているが、コンラッドの他のテクストにおいても、ナラティヴの遅延、脱線はしばしば過剰でばかげた記述であり、災害や悲劇的できごとから距離をとり、深刻さを緩和するはたらきをする。

『シャドウ・ライン』では、こうした「一九世紀のコンラッド」の時間感覚がさらに意識的にパロディ化ないし反転されることがある。船の出航前、一等航海士バーンズが引きおこすさまざまな厄介ごとを、語り手は「遅延（delay）」という一語で表現する。「「遅延」という語はわたしの脳の秘密の穴に入りこみ、弔いの鐘のようにそこで鳴り響いて耳を狂わせ、わたしの知覚のすべてを襲い、黒い色、苦い味、死のような意味合いを帯びたのだった[69]」。「遅

延」が脳神経を刺激して聴覚、視覚、味覚に作用すると、ただちに（遅延することなく）「死のような意味合い」を与えられる――というよりはむしろ、それは知覚されるまでもなく最初から「弔いの鐘」としてそこにある。言葉は意味作用の袋小路に閉じこめられて、あらかじめ死んでいる。

「弔いの鐘」が予兆していたとおり、出航前にはバーンズが熱病で倒れ、出航した後も、船員は次々に病に冒されていく。語り手が船に備蓄されていたキニーネ（マラリアの特効薬）の薬瓶を調べると、瓶の中身はキニーネではないことが判明する。【70】キニーネの欠如は西洋の植民地支配を可能にする文明の欠如であり、船員たちの死に直結する。しかし、この重要な場面で、船長は薬瓶を調べるより前に、「この恐るべき発見の過程をすべて記述してどうなるのだ」と問い、「すでに真実は予想していた」という。見たり触ったりする以前にそれがキニーネでないことはあきらかだったというのである。実際に薬瓶を調べる過程は、次のように描写される。

> 包み紙があり、薬瓶があり、そのなかには白い粉が入っていた。何かの粉だ！　けれどもそれはキニーネではなかった。一目見ればもう十分だった。瓶を持ちあげた瞬間、包

み紙を開ける前でさえ、私の手のなかにある物体の重みは、わたしに瞬間的な予感をもたらした。キニーネは羽毛と同じくらい軽いのだ。私の神経は憤慨のあまり、異常なほど感じやすくなっていたにちがいない。わたしは瓶を落とし、それは音を立てて割れた。そいつはなんであれ、私の靴底の下で砂のようにざらざらした。次に手に取った瓶を割り、その次のも割った。重さだけでわかるってものだ（The weight alone told the tale）。次々に瓶は床に落ち、わたしの足元で割れたが、私が狼狽して投げ捨てたからではなくて、まるでこの真実の発見が私の力には過ぎたるものであったかのように、わたしの指から滑り落ちていったのだった。［71］

語り手は、瓶を手に取った直後に「一目見ればもう十分」であり、「瞬間的な予感」を得ていた。文字どおり、瓶の重さがすでに「物語を語った（told the tale）」のである。ここでもまた、「死」は語りの過程で遅延する間もなく、そこに最初から存在している。

『シャドウ・ライン』にはさらに、「遅延される解読」のパロディであるかのような喜劇的な場面がある。長い日照りと無風状態の後で、船は今度はすさまじい豪雨に襲われる。やっと雨が止んだとき、語り手は闇に包まれた船上を歩いていて、奇妙な物体につまずいて転倒する。

> 大きくて、生きているものだった。犬じゃない——むしろ、羊に近かった。けれども、船には動物はいなかった。なんで動物がここに……。抗いがたいほどのすさまじい恐怖が加わった。ひどく怯えて、なんとか起きあがったときでさえ、わたしの頭の毛は乱れていた。判断力や理性がいまだ抵抗しようとしながら怯えているんじゃなくて、完全に、際限もなく、いわば無垢な状態で怯えていた——まるで幼い子どものように。
>
> わたしには〈それ〉(It)がなんだかわかった——〈あれ〉だ！　夜の闇は、その大部分が雨水になってしまっていたが、少しばかり薄れてきていた。〈それ〉だ！　けれどもわたしは、彼が立ちあがるまで、バーンズ氏が四つん這いになって甲板昇降口から出てきたのだとは思い至らず、そのときでさえ、私の頭にはまず、熊だという考えがよぎった。[72]

語り手はここで、一連の強い感情(「すさまじい恐怖」、薄気味の悪さ)と、誤った知覚(バーンズを犬、羊、動物、もの(It)に誤認する)を経験する。こうした情動は、「幼い子ども」の「無垢な」状態に関係づけられている。一方、恐怖の対象がバーンズだとわかることは、完全なアンチクライマックスである。そして語り手は、その合理的な結論を最後まで受けいれられずにいる（「そのときでさえ、私の頭にはまず、熊だという考えがよぎった」）。ここでは意味の解読はたんに遅延されるだけでなく、最終的に到達する結論が合理的であるにもかかわらず奇妙にばかげており、「解読」のプロセス全体が喜劇化されている。

『シャドウ・ライン』の物語全体にも、同じようなアンチクライマックスの感覚が漂っている。コンラッドが「作者の覚書」でこの小説が超自然現象についての物語ではないと主張しているように、小説のエンディングでは死んだ元船長の不吉な予言は実現せず、病気になった船員は保護されて適切な医療を受け、語り手は次の航海へと遅延することなく出発する。しかし、不気味なものは最後の最後に回帰する――「熊だという考え」のように。（語り手自身を除けば）熱病に冒されなかった唯一の乗組員だった料理人のランサムは、船上では語り手とともに献身的に働いていたが、シンガポール到着後、語り手の期待に反して船を去る決意をする。だが実は、読者は、小説のなかで同じできごとがすでに起こっていたのを知っている。なぜなら小説の冒頭では、語り手自身が突然、以前に乗船していた船を降りる決心をしていたからである（彼はそれを「逃亡」[73]と表現している）。小説の最終場面ではランサムが、小説の最初のページで宣言される「普遍的な経験の魅力」にとらえられ、近代性の内なる不満を引きつぐのである。その意味で、『シャドウ・ライン』は決定的な終わりの感覚——調和、和解——を欠いている。最終段落で語り手は、ランサムが去っていく足音を聴きながら、ランサムが「突如とした怒りに掻きたてられるという人間的な恐怖」に駆られていると考える。だがそうした恐怖は「わたしたちの共通の敵」であり、その敵を「彼の忠実な胸のなかに意識的に抱えこむのが彼の苦しい運命なのだった」[74]。ランサムの抑圧された怒りは、同じ物語のあらたな始まりを予告している。そこからふたたび小説の冒頭部分に戻って、早熟な老いと致命的な遅延の物語が開始されるのではないかと、読者は感じさせられる。

『シャドウ・ライン』がそうであるように、大戦期に書かれたコンラッドの作品群は、世紀転換期の「遅延される解読」の印象主義的手法からアレゴリーに接近しているといえる。大戦中にコンラッドは、『シャドウ・ライン』以外に短編を二編執筆している。そのうち「お話(“The Tale”)」はコンラッド唯一の第一次大戦を題材とした作品ではあるが、コンラッドの作品のなかでももっとも高度に抽象化されたアレゴリー的作品のひとつである。もう一方の「戦士の魂」では戦争が描かれているが、現在進行形の大戦ではなくナポレオン戦争が舞台である。「ゲロンチョン」の語り手が否定文によって戦争を描写していたように、コンラッドもまた、第一次大戦を直接は描かないという身振りをつうじて、大戦の経験を語っているようでもある。

本章の最後に、「お話」の読解をもとにして、大戦期のコンラッドのアレゴリー性についてもう少し考察を加えておきたい。「お話」にはコンラッド的な枠物語があり、語り手の男性が聞き手である女性に求められて、「別の、よりよい世界のお話」【75】を語るという設定になっている。語り手、聞き手、物語のなかの人物たちにはいずれも固有名は与えられない。物語は素朴な意味においても寓話的である。航海中に霧のため入江に避難した海軍の船が、不審な船に遭遇する。軍艦の指揮官は、船の船長である〈北欧人〉を疑い、わざと危険な航路を指示して試そうとする。〈北欧人〉は敵ではなかったため、指示どおりに舵をとり、船は沈没してしまう。これがすべて語り手自身の経験だったことは、小説の最後になって明かされる。その意味では、寓話の意味――すなわち、この「お話」が語り手自身の戦争体験であること、戦争が人間を疑心暗鬼に陥れ、冷酷にすること――は、プロット上では最後には解読されているようにみえる。

だが、物語中のすべての謎が完全に解読されているわけではない。不審船をめぐる物語が開始するより前に、不審船の予兆であるかのように、軍艦が得体のしれない物体を発見するという挿話がある。別の場所で沈没した潜水艦の残骸が流れ着いたものではないかなどと推測し、船長は確かめるために船を物体に接近させるよう指示する。

近づけ、だが触れるな。たまたま漂流しているものがどのようなかたちの物体であれ、接触するのは推奨できない。近づけ、だが停止したり速度を落としたりはするな。たとえ一瞬であれ、特定の場所にとどまるのは賢明ではない。物体がそれ自体危険でなかったことくらいは、すぐに言える。物体を記述しようとしてもむだだ。たいしたものではなかったかもしれない。ある種のかたちと色をした酒樽のような。しかし、それは意味深長だった。[76]

戦時下の危機管理体制が許すかぎり接近しても、その物体を正確に知覚することはできない。それ自体は無害な物体であっても、敵船の存在を知らせるものかもしれないし、そうではないかもしれない――「遅延される解読」のナラティヴ装置はここでは無効化され、物体は特定されることなく「意味深長（significant）」なままとどまり続ける。この挿話は全体として、物語を意味あるものとして成立させる因果律のプロットには完全に包摂しきれない、解読不能な断片――戦争の断片、あるいは歴史の断片――の到来であるとも読める。「それがそこに残されたのは偶然だろうが、おそらくは予見不能な必然によって複雑なものになったのだ」【77】。第一次世界大戦は、「小説《フィクション》は歴史である」と主張していた作家にたいして、歴史を解読不能なアレゴリーとしてとらえなおすことを強いたようである。晩年期にさしかかっていたにもかかわらず、大戦期のコンラッドは偉大なるジンテーゼからはほど遠いところにいたが、逆にそのことによって、来たる時代の前触れの役割を果たしていたのである【78】。

第四章　賃金なき者たちの連帯——ヴァージニア・ウルフとふたりのジェームズ

一　ヴァージニア・ウルフとC・L・R・ジェームズ

タヴィストック・ストリートを歩いているときに、ふたりは互いにすれ違っていたかもしれない。現在知られるヴァージニア・ウルフとC・L・R・ジェームズのあいだのつながりは、英国滞在初期にジェームズの書いた『西インド諸島の自治』（一九三三年）という小冊子が、レナード・ウルフによってホガース・プレスから出版されたという事実だけである。[1] それでもふたりは同じ時代の同じ場所にいて、次の世界戦争を目前にしたメトロポリスの張りつめた空気をともに呼吸していた。

ウルフの反戦エッセイ『三ギニー』とC・L・R・ジェームズの革命史『ブラック・ジャコバン』は、ともに第二次世界大戦前夜の一九三八年に出版されている。両者はそれぞれフェミニズム、脱植民地主義思想の古典として知られる有名なテクストだが、長らく別々の思想史の文脈で研究されてきた。もちろん、同時代を生きたイギリス人作家と植民地出身の作家を並行して論じること自体は、近年では珍しいことではない。ウルフとジェームズの関係にかんしては、ラウラ・ウィンキールが『モダニズム、人種、マニフェスト』(二〇〇八年)のなかでふたりを比較して論じている[2]。ウィンキールはジェームズのテクストをもちだすことによって、周縁にあるオルタナティヴな近代への目配りに欠けるウルフの想像力の限界を指摘しているのだが、こうした批判は文学史の見なおしという点では成果を挙げているものの、問題がないわけではない。〈中心〉対〈周縁〉という帝国主義的地政学のヒエラルキーを無批判に受けいれてしまっているだけでなく、ウルフを〈中心〉に位置づけ、彼女の視座に帝国主義的盲点があることを強調するがゆえに、両者のテクストが同じ時代にあって、ポリティクスと戦略を共有している点を見逃してしまうからである。

本章の出発点は、『三ギニー』と『ブラック・ジャコバン』の同時代性を再認識することである。ふたつのテクストはジャンルも直接かかわるテーマも異なっているが、いずれも戦争と革命が目前に迫る〈危機の時代〉にあって、歴史を叙述することによって革命的な未来を想像する、いわばマニフェストのようなテクストである。このことをC・L・R・ジェームズは、ハイチ革命を意識的に再演することで実現しようとした。ウルフのほうは、彼女のユートピア的ヴィジョンの一瞬の閃きをフィクションの形式によって表出したが、その試みの革新性は、彼女のテクストをジェームズのテクストと重ねあわせて読むことによって再発見できる。両者はそれぞれ植民地主義ないし家父長制というイデオロギーの問題と対峙し、その彼岸に〈普遍的歴史〉と〈普遍的人間性〉をつねに見すえていたという点でも共通している。

ふたつのテクストを結びつけるもうひとつの理由は、両者がともに時代の文脈を超えて、二〇世紀後半以降の思想および政治運動の基礎となった点である。本章後半ではとくに、ウルフのテクストが一九七〇年代のセルマ・ジェームズらの女性解放運動に与えた影響を考察する。女性参政権が実現して運動が収束しつつあった時期に、ウルフは次の時代の女性運動の課題を予見していた。彼女が提起した課題は、C・L・R・ジェームズのマルクス主義理論とともに、セルマ・ジェームズらの世代に継承されたのである。

二　〈普遍的歴史〉、〈普遍的人間性〉

C・L・R・ジェームズが『ブラック・ジャコバン』を書いた三〇年代後半は、マルクスを熟読し、トロツキストとしての活動にもっとも精力的にかかわっていた時期である。彼はほぼ同時期に、スターリン批判の立場から書かれたロシア革命史『世界革命一九一七年－一九三六年』（一九三七年）も執筆している。『世界革命』のなかでジェームズは、マルクスの『ルイ・ボナパルトのブリュメール一八日』を「いずれの時代の歴史の研究者にとっても必読の書」と絶賛しており、[3]『ブラック・ジャコバン』でも、マルクスの歴史叙述の方法論をかなり忠実に実践しようとした。『ブラック・ジャコバン』の基本的な構想は、ハイチ革命をフランス革命の延長線上に起こるべきプロレタリア革命として記述することだったと考えられる。一七九一年のサンドマングの奴隷の蜂起を記述するとき、ジェームズはそれが何よりもまず「組織化されたプロレタリアート」による運動だったと主張している。

北部の平原を覆い尽くす巨大な砂糖工場群で、何百人もの集団でともに働き生活するなかで、奴隷たちは当時存在したいかなる労働者の集団よりも近代的なプロレタリアートに近いものとなり、それゆえ蜂起は、完璧に準備され組織化された大衆運動（mass movement）であった。【4】

だが、マルクスに厳密に従うならば、『ブリュメール一八日』と同様、『ブラック・ジャコバン』は革命の失敗史ということになる。サンドマングの奴隷制は一七九四年に廃止され、一八〇四年には独立国家ハイチが誕生しているので、ナショナリズムの観点から見れば革命は成功している。しかし、ハイチ革命は普遍的な社会主義革命として完成することにはあきらかに失敗した。トゥサンが失脚してナポレオン軍に捕まった後、彼を引きついだジャン＝ジャック・デサリーヌ将軍はハイチの独立を導いたが、白人の虐殺を引きおこし、またナポレオンに倣ってみずから皇帝の地位についた。独立後のハイチは世界経済システムから一時切り離され、フランスからは多額の賠償金を課せられたために経済的苦境に陥った。その歴史は、二〇世紀のハイチの政治的混乱と財政破綻――米国の支配下に入り、その支援のもとで独裁政権が続き、また米国やＩＭＦにたいする多額の負債を抱えて世界最貧国のひとつとなったこと――の前提でもある。マルクスがフランス二月革命を明確に失敗史として記述したのにたいして、ジェームズはナショナリズムと社会主義のあいだで葛藤していたが、六三年の修正版および六〇年代に書かれた戯曲版『ブラック・ジャコバン』では革命の失敗の悲劇性がより強調されている。

　現実にはハイチの大衆はフランスとは決別することを選んだのだが、ジェームズはしばしば、フランスの大衆とハイチの大衆がフランス共和国のスローガンである「自由、平等、友愛」の名のもとに団結する可能性を示唆している。たとえば、フランスの大衆が奴隷の反乱を積極的に支持していたという記述が何度かある。[5]初版には挿絵が入れられているが、そのなかには共和国による奴隷制廃止を祝福するために当時パリで印刷された版画も含まれている（図1、2）。フランスとハイチの大衆の共感を描いた興味深い逸話のひとつに、次のようなものがある。奴隷制復活を目的とするサンドマング遠征に駆りだされたナポレオン軍の兵士は、黒人兵士たちが「ラ・マルセイエーズ」や「サ・イラ」などの革命歌を歌うのを聞いて驚く。自分たちが革命軍だと信じていた彼らは、歌を聞いて、正義はむしろ「私たちの敵」の側にあるのではないかと疑念を抱き始める。[6]一九三八年の初版では、この逸話に続けて「全世界の労働者よ、団結せよ」という『共産党宣言』のスローガンが引用されている。

　エドワード・サイードが『ブラック・ジャコバン』から受けた影響のもっとも重要な部分

図1 『ブラック・ジャコバン』初版の挿絵
（「わたしは自由だ」「わたしも自由だ」）

図2 『ブラック・ジャコバン』初版の挿絵
（〈奴隷制廃止令を祝うために1794年にパリで印刷された版画〉英国は金と貿易を差しだしたが、フランス植民地は自由への愛によってそれを拒絶した）
〔いずれもC・L・R・ジェームズによる説明〕

は、ジェームズの思想の根幹にあるこの〈普遍的歴史〉への信念ではなかったか。『文化と帝国主義』の「抵抗と対立」と題された長い章の締めくくりに、サイードは、一九六三年の『ブラック・ジャコバン』改訂版にジェームズが書き加えた「補遺」を考察している。この「補遺」でジェームズは、『ブラック・ジャコバン』初版と同時期に書かれたふたつの文学作品、エメ・セゼールの長編詩『帰郷ノート』とT・S・エリオットの『四つの四重奏曲』を取りあげ、いわばサイードのいう「対位法的読解」を実践している。ハイチ革命は勃発から一世紀以上を経た後、カリブ海地域出身のモダニストの想像力の源泉となり、マルティニーク出身のシュールレアリストであるセゼールも、自身の長編詩『帰郷ノート』のなかでトゥサン・ルヴェルチュールを重要なライトモチーフにした。ジェームズは、エリオットとセゼールの詩が対立するふたつの歴史を語っていると主張しているのではない。むしろ、セゼールがある瞬間にネグリチュードを超越するとき、そこに現われる普遍性の理念は、ニューイングランドからイングランドへと帰郷を果たしたハイ・モダニズムの詩人のヴィジョンと同じものだという。「ここでは不可能な結合が／存在の諸領域において現実となる、／ここでは過去と未来が／征服され、和解する」[7]。この引用部分の結論としてジェームズは、セゼールが人種の壁を乗り越えて普遍性の理念に到達する瞬間こそが「人類の真の歴史が始まる」ときであると述べている【8】。

このジェームズの主張をサイードは、「詩的な力を媒体として、一系列の歴史のみありがたがる偏狭な地域主義から、他者の複数の歴史を受けいれることへとむかう」と解釈しており、一見すると歴史の複数性を主張しているかのようである。しかしサイードは、次のように続けている。他者の歴史を受けいれることをつうじてこそ、すべての歴史の「不可能な結合」が詩的ヴィジョンとして浮かびあがる。このヴィジョンは詩的であるとともに、対位法的読解をつうじて「ひとつの社会的共同体（a social community）」の次元を獲得しており、これこそが「人間の歴史の始まり」なのである【9】。対位法とはたんに歴史を複数化し、相対化する方法論なのではない。西洋中心主義的な歴史観を脱したその先にある、他者の歴史との「不可能な結合」というユートピア的未来を視野に入れているという意味で、サイードは普遍性のヴィジョンをジェームズと共有している。

『ヘーゲル、ハイチ、普遍的歴史』（二〇〇九年）におけるスーザン・バック＝モースのハイチ革命解釈も、このサイードのジェームズ解釈に近い。バック＝モースによれば、ハイチ革命が普遍的歴史を実現するプロジェクトであったが、この〈普遍的歴史〉へのアプローチは、まさにヘーゲルが「非歴史的な複数の歴史」として退けたもの、西洋的進歩史観に基づく整合性ある物語のなかでは例外的、変則的であるように思われる集団的行動をこそ、価値あるものとして評価する。ハイチ革命の歴史のなかにも、こうした変則性は存在した。たとえば、トゥサンの農業政策にたいして、解放奴隷たちはプランテーション労働を再開することに抵抗を示したが、それだけではなく、女性たちは男性と同じ労働をすることにたいして同じ賃金を要求したのである（それまではヨーロッパの「文明化した」基準に従って、女性の賃金は男性の三分の二に抑えられていたという）。こうした変則的な歴史のなかにこそ、人間の進歩の萌芽がある。それは「国境なしにおこなわれる〔過去の〕発掘作業」をつうじて文化と文化の境界、「縁（edge）」において発現されるとバック＝モースは指摘する。「普遍的な人間性は、この縁において現れるものである[10]」。

『三ギニー』と『ブラック・ジャコバン』とをまず結びつけるのは意外にも、こうした普遍性へのまなざしである。女性の解放、脱植民地化という別個のアジェンダを掲げているようにみえながら、ふたつのテクストの思想の根底には、人種、階級、ジェンダーの差異の彼岸にある〈普遍的人間性〉への希求がある。フェミニズムやポストコロニアリズムがアイデンティティ・ポリティクスと同一視されがちな学界の風潮にあって、このことを確認しておくのは重要である。

＊

ヴァージニア・ウルフの『三ギニー』は、とある男性から差しだされた手紙への返信という設定で語られるエッセイである。法廷弁護士を職業とするその男性は語り手に戦争を阻止するにはどうすればよいかと問いかけ、文化と知的自由を護るマニフェストに署名すること、自分たちが組織する反戦協会に加入すること、協会に寄付をすることを求めている。語り手は条件つきで声明に署名すると述べ、反戦協会への寄付には無条件で同意するが、さまざまに逡巡したのちに、協会に入会はしないという選択をする。語り手はみずからが属する階級を「教育のある男性の娘たち」という言葉で表現する。戦争に反対する感情は共有していたとしても「教育のある男性の娘たち」は彼女らの兄弟よりもよりもはるかに貧しく教育も受けておらず、そのために政治的な発言権を有してこなかった。最終的に語り手は、「教育のある男性の娘たち」は男性の組織には属さず、その外側から同じ目的のもとに協力するべきであるという結論を出すのである。男性への返信のなかで語り手はさらに、大学の女子学寮再建と女性の就職支援のための寄付を求めるふたりの女性からの手紙にたいする返事を書いており、それぞれの差出人へ一ギニーずつ寄付している（手紙の最終的な宛先は男性弁護士であるが、その手紙のなかに女性が受取人である二通の手紙が埋めこまれており、公的な男性読者の背後に女性読者が想定されるという構造になっている）。エッセイの題名にある「三ギニー」とはその寄付金の合計額であるが、二〇世紀の女性が獲得したささやかな経済力が、彼女の政治的な力を生みだしていると考える、マテリアリストとしてのウルフの側面をよく表わしている。

『三ギニー』全体をつうじていくどか、語り手は数枚の写真に言及している。それらはスペイン戦争の殺戮の現場を写したもので、たいがいは遺体の写真であり、男女の区別もつかないほど損傷している。そして、こうした写真を見ることによって引きおこされる生理的な反応としての感情には、ジェンダーの違いはないとウルフは考える。

これらの写真は議論とは違います。事実をそのまま提示し、視覚にアピールしているにすぎません。それでも視覚は脳に、脳は神経系につながっています。神経系は過去のあらゆる記憶と現在のあらゆる感情に瞬時にメッセージを伝えます。それらの写真を見ると、あなたがたとわたしたちにはある種の融合が起きます。教育がいくら違っても、これまでの伝統がいくら違っても、わたしたちの感覚は同一であり強烈です。あなたがたはそれらの写真を「おぞましく厭わしい」と形容します。わたしたちもまた、おぞましく厭わしいと形容します。〔……〕こうしてあなたがたもわたしたちもようやく同一のイメージを見ています。あなたがたとともに、同一の遺体と同一の倒壊家屋を見ているのです。[11]

『三ギニー』で使われる一人称複数形の代名詞「わたしたち（we）」は、ほとんどの場合は明示的に（語り手自身が属する集合性である）「教育のある男性の娘たち」を指し、手紙の受取人である男性弁護士が代表する「あなた（がた）（you）」とは別の人間の集団として区別されている。その場合の「わたしたち」とは、利害をともにする人間の集団を「あなたがた」や「彼ら（they）」とは対立するものとして行為遂行的《パフォーマティヴ》に立ちあげる代名詞である。『三ギニー』の「わたしたち」は、多くの場合、「教育のある男性たち」と同じ階級に属していると考えられてきた「娘たち」をあらたにひとつの階級主体として立ちあげるマニフェスト機能を担っている。ウルフがそれをアイデンティティではなくあくまで「階級」の問題としてとらえていることは、彼女が「教育のある男性の娘たち」を労働者階級の女性とも区別していることからもあきらかである【12】。

しかし、人称代名詞の使い方にはときに例外もある。さきの引用部分では、同時代の脳神経学的知識を援用して、視覚、神経系といった基本的な生理機能に還元したとき、「あなた（がた）とわたしたち」のあいだには「ある種の融合」が起きるとされている。引用部分で使われる人称代名詞はほぼ一貫して男性が二人称「あなた（がた）」、女性が一人称「わたしたち」あるが、「わたしたちの感覚は同一であり強烈です」という一文（傍点部分）にかぎっては、この一人称複数形の代名詞「わたしたち」には男性も含まれている。この発話がマニフェスト的に立ちあげる主体は——エッセイ全体の主張に反して——ジェンダーの差異を超えた普遍的な人間である。

エッセイの他の個所でも、こうしたジェンダーの融合——あるいは〈普遍的人間性〉の発現——が起こる一瞬が、人称代名詞の使い方の変化で示されている。エッセイのなかほどで語り手は、男性弁護士からの手紙への返答として、男性の率いる反戦協会へ一ギニー寄付することに同意すると同時に、フェミニズムという語を廃語として焼き捨てることを提案する。なぜなら、家父長制との闘いはファシズムとの闘いと同じものだからである。彼女が反戦協会に差しだす一ギニーは、ジェンダーの差異を乗り越えて「同じ大義のために男と女がいっしょに活動する【13】」可能性を表わす。

しかしいま、わたしたちはともに闘っています。教育のある男性の娘たちと息子たちは、いま並んで闘っているのです。〔……〕どうぞこの一ギニーをお取りになり、「あらゆる人びと――すべての男女――が正義と平等と自由という大原則のもとで尊重される権利」を主張するのにお使いください【14】。

この引用部分にある「わたしたちはともに闘っている（we are fighting together）」という一文ではやはり例外的に、男性を含む集合的主体としての「わたしたち」、すなわち反ファシズムという大義を共有する、普遍的な人間としての「わたしたち」が立ち現れている。ただしここでの「わたしたち」は、戦争の残虐な写真への反応という生理機能に還元された人間から、「あらゆる人びと――すべての男女――が、正義と平等と自由という大原則のもとで尊重される権利」、すなわち人権という理念に基づいた普遍的人間性へと昇華されている。反戦という大義は、ウルフが〈普遍的人間性〉という問いと向きあうための試金石だったのだろう。『三ギニー』は表向き、教育のある男性たちとその娘たちとを別の階級に分けることを主張しているが、そこにはつねに、両者がふたたび融合して真の〈人間の歴史〉が始まる、未来への期待が埋めこまれている。

三　革命の悲劇

『革命の詩学』（二〇〇六年）でマーティン・プッチナーは、マニフェストが何よりもまず発話行為であり、同時にフィクションでもあることを指摘している。まずそれは、J・L・オースティンのいうスピーチ・アクト、とくに現実世界に生みだす効果（「発話媒介効果」）のために「過剰に投資された」スピーチ・アクトとして説明可能である【15】。さらにプッチナーは、アルチュセールの理論を要約して次のように再定義する。マニフェストは「たんに政治システムを記述したりユートピアを夢想したりするだけでなく、政治的主体性を目指し、ヴィジョンの実現に役だつような政治的主体を企画したり理論化したりする」。そして「〔アルチュセールによれば〕マニフェストは演劇性（theatricality）を使用し、道具化することによって、役割、登場人物、行為者を創作しなくてはならない。マニフェストは脚本を企画し、それを最初に実現させようとしなくてはならない【16】」。

『ブラック・ジャコバン』と『三ギニー』は、ともに歴史を記述しながら未来への提言を行うマニフェストでもあり、きわめて現実指標性の高いテクストでありながら同時に「文学的」でもあるテクストでもある。とくにウルフは、『自分ひとりの部屋』と同様に『三ギニー』においても、意識的にフィクションの形式を取りいれて書いている。『自分ひとりの部屋』の語り手は「メアリー・ビートン、メアリー・シートン、メアリー・カーマイケル、その他みなさんのお好きな名前で呼んでください[17]」と読者に言う。『三ギニー』のエッセイの語り手は架空の手紙を書いている架空の人物である。こうしたフィクションの枠組みは、マニフェストの言説戦略そのものに内在する虚構（演劇）性をみずから暴露しているともいえるだろう。

一方、『ブラック・ジャコバン』は基本的には史実を時系列のままに語る歴史書であり、言説そのものにたいする自意識をそれほどもっていないようにみえる。しかし、マルクスの『ブリュメール一八日』と同様、ジェームズのハイチ革命史は、現代の実証的な歴史研究が基準とするような歴史叙述に比べれば、実ははるかに文学に近い。『ブリュメール一八日』の冒頭部分に現れる有名なフレーズ、「一度目は悲劇として、二度目は笑劇として」が端的に示すように、フランス革命は悲劇であり、二月革命の失敗からルイ・ナポレオンの帝政復興までの経緯は「二度目の笑劇」であるとマルクスはみていた[18]。ルイ・ナポレオンは一貫して、借り物の衣裳を身につけた道化である。一方、ジェームズにとっては、二〇世紀のボリシェヴィキ革命の失敗こそが「二度目の笑劇」であり、ハイチ革命、とくにトゥサン・ルヴェルチュールの失脚と死は、古典的な悲劇に近いものとして描かれている。

『ブラック・ジャコバン』のテクスト中に、「悲劇（tragedy）」という語は何度か現われる。一九三八年の初版では、トゥサンはロベスピエールとは違って、大衆とのあいだに根本的な差異がなかったにもかかわらず、政治的な理由で大衆を弾圧したと指摘され、「悲劇はそんなことをする必要がなかったという点にあった」[19]と述べられている。この場合の「悲劇」とは、マルクスのいう意味での革命の悲劇、すなわち経済基盤の変化に応じて機械的に進展する歴史が現実に引きおこす悲劇的状況を表わしている。一方、一九六三年の改訂版では、最終章の冒頭部分に四ページにわたって「悲劇」にまつわるメタコメンタリーがあらたに挿入されている。[20]そこではトゥサンの敗北と死は「普遍的に悲劇とみなされ」、「悲劇性の真正な要素」を含んでいると主張される。[21]六〇年代のジェームズは、ハイチ革命の歴史の文学性をいっそう強調しようとしたようである。「歴史家が要求する事実の陳述や判断によって、トゥサンの悲劇の真に悲劇的な性質が、曖昧にされたり矮小化されたりしてはならない」[22]。プロメテウスやハムレット、エイハブといったヨーロッパ悲劇の英雄と比較し、アリストテレスの古典的な悲劇論を参照しつつ、ジェームズはトゥサンの悲劇の特徴を説明する。

ジェームズにとってのハイチ革命の悲劇は、フランス革命の普遍的理念を追い求めるあまり民衆と乖離していく指導者の悲劇に重なる。甥モイーズを反逆者として処刑したトゥサンは次第に民衆の支持を失い、ナポレオンに捕らえられてフランスで獄死する。トゥサン亡き後、ジャン゠ジャック・デサリーヌ率いる革命は全面的な人種戦争と化し、白人虐殺の末に独立国家ハイチが誕生する。ジェームズによれば、トゥサンの過ちは、徹底的な理性主義によって自身の率いる人びとの人種感情を軽視した点にあった。トゥサンは奴隷であったがゆえに、ディドロやルソー、ロベスピエール以上にフランス革命の掲げる自由、平等、友愛の価値を知っており、革命の大義を迷うことなく信じていた[23]。同時に彼は、革命の理念を実現するためにはサンドマングがプランテーション経済を維持することが不可欠であると考えた。フランスから独立することを最後まで望まず、大規模農業を維持するために解放奴隷がそのまま労働者として農場で働くことを強制したグローバル資本主義者でもあった[24]。「トゥサンの失敗は無知蒙昧ではなく、啓蒙の失敗[25]」だったとジェームズはいう。

それでは、トゥサンの悲劇は、ジェームズのマテリアリスト（唯物論）的な歴史観とはどのような関係にあるのだろうか。初版に寄せた序文によれば、「偉大な人間が歴史をつくる」

のだとしても、所与の経済状況において「可能な歴史しかつくることはできない」のであり、歴史家の仕事とは、経済の力が社会や政治、大衆や個人をいかにして形成するか分析するとともに、その力を証明することである[26]。トゥサンの悲劇は「偉大な人間」の悲劇的歴史であるかもしれないが、それは上部構造として経済および社会的な基盤に依拠している。さらに重要なのは、彼を見棄てる大衆が抱く人種感情もまた上部構造に属するものであり、物質的基盤に従属している。その論拠として、ジェームズは『ブリュメール一八日』の一節をそのまま引用している。

所有のさまざまな形態のうえに、存在の基礎となる社会的条件のうえに、多様で独特な感情、幻想、考え方、人生観からなる上部構造がそびえている。一階級全体がそれら〔上部構造〕をみずからの物質的な基盤とそれに対応する社会的関係からつくりだし、形成するのだ。それらは伝統や教育を通じて個人から立ち現れるのだが、個人はそれらが自分の行動を決める真の動機であり、その本当の起源であると思いこむだろう[27]。

しかしジェームズは、人種感情の重要性を完全に否定したわけではない。「政治的には、人種問題は階級問題に従属するものであり、帝国主義を人種の観点から考えることは致命的な過ちである。しかし、人種をたんなる偶然の要素として無視することは、それを根本的なものとみなすことと同じくらい深刻な過ちである」[28]。人種感情は（マルクスのいう「偏見」や「無知」[29]に由来する）誤ったイデオロギーであるが、同時にそれは二〇世紀におけるファシズムがそうであったように、歴史を動かす力となりうる。ハイチ革命では、デサリーヌに率いられ白人への復讐の感情に突き動かされる大衆の力はジェノサイドの恐るべき暴力となったが、同時にそれは独立をもたらす力でもあった。古典的なマテリアリズムと、マテリアリストの理性を超える大衆の圧倒的な力とのあいだの葛藤が引きおこしたのが革命の悲劇であるとすれば、三〇年にもわたってハイチ革命史を書きなおし続けたジェームズを惹きつけてやまなかったのは、まさにその革命の宿命的な悲劇性だったのだろう。

四　感情の問題

一九一〇年代後半から二〇年代にかけて、英国の女性は参政権、職業に就く権利、大学教育を受ける権利を獲得した。法律および制度上はあからさまなジェンダー不平等は解消されつつあったが、レイ・ストレイチーは『大義』（一九二八年）の最終章で、参政権獲得後の女性運動の課題を次のようにまとめている。

> 女性参政権が最初に実現したときから完全な政治的平等が獲得されるまでの十年のあいだに、女性運動の大義は急速に達成されていった。前章で挙げた改革の目録には、男女平等を実現するうえで法律によって平等が達成可能なものがほとんどすべて含まれており、法律にかんするかぎりでは、女性運動は終わったも同然である。しかし、生きるうえで重要な諸相のうちのいくつかは、法の支配を免れている。社会通念（morals）と経済は、せいぜいよく見積もっても、国会の影響を間接的にしか受けていないし、そのふたつの方面では、女性の現在の地位は運動を鼓舞してきた理想とはかけ離れたところにある。それゆえ、大義を掲げた闘いはこれからも続いていくのであり、未来の闘いは新しい戦場にあるとしても、広大な前線で激しい戦闘が繰り広げられるだろう。[30]

ストレイチーによれば、法的平等がほぼ達成された一九二八年の時点でいまだ実現されていなかったのは、経済的平等とともに社会通念（morals）だった。すなわち、物質的基盤と性差別イデオロギーである。『大義』は『三ギニー』執筆の際にウルフが参照した文献のひとつであり、ウルフはストレイチーによる（現代では「第一波フェミニズム」とひとくくりに呼ばれている）諸運動の総括を引きついだうえで、あらたな「前線」での闘争——いわゆる「第二波フェミニズム」で全面的に展開されることになる闘い——を先取りしている[31]。

『三ギニー』でのウルフの主要な論点は、「経済と社会通念」がいかに政治と不可分に結びついているかという問題にかかわっている。女性が戦争を止めることができるかと問うことは、女性が公の場で政治にたいして発言をすることができるか、現実にはなぜ女性はいまだ政治的な発言権がないのかを問うことである。語り手は長い手紙のなかで、女性が教育を受けられず、職業から排除され、経済的に男性に依存することを強いられてきた歴史を語る。女性が公的な政治にたいして発言権をもたなかったのは、家父長制の権力によってみずからの生存の手段を奪われていたからである。近代社会における家父長制イデオロギーは、女性から経済基盤を剥奪することを正当化する装置として機能してきた。そしてそれは、植民地主義における「人種」イデオロギーと同じように、〈普遍的人間性〉の出現を阻み、差別と搾取を自然化し、論理的根拠をもたない不条理な感情であるが、しばしば歴史を暴力的に突き動かす力になりうる。『三ギニー』でウルフは、家父長制イデオロギーが近代国家間の戦争につながることを繰りかえし示唆している。
家父長制イデオロギーをめぐる問題系は、『三ギニー』の最後の数十ページでとくに綿密に検討されている。語り手はまず、性差別的な感情は歴史超越的であり（「祖先の記憶の奥深い暗闇に起源をもつ」）[32]、その感情をもとに生まれる性的差異の認識は、戦争の写真がもたらすのと同じように、生理的な反応をもたらす自然化された感情であるという前提のもとに議論を始める。そうした感情の科学的説明を求めて、語り手は近代心理学の言説を援用し、ジェンダー差別は理性を超えた「強い感情」、あるいは「エディプス・コンプレックス」、「幼児性固着」であるという。[33]近代家父長制下のジェンダー役割分業の規範を女性が逸脱しようとするとき、たとえば高収入で社会的地位の高い職業に女性が参入しようとするとき、それは両性にたいしてきわめて身体化された反応を引きおこす。

テーブルのこちら側のわたしたちの体内では、ただちに警報がなり、あなたがたの側では「意識的思考レヴェルより下位にある何らかの動機」に基づく「強い感情」が湧き上がり、大きなだみ声で「そんなことはさせない、させない、させない……」と喚くのがわかります。身体には間違いようのない兆候が出ています――神経が逆立ち、スプーンないし煙草を持った指先が自動的に硬直していきます【34】。

だが語り手――あるいは、ここではウルフ自身か――は、そうした感情が自然によるものではなく、女性の稼得力を奪って物理的、精神的に支配するという明確な利害関心と欲求に基づいていることを暴露していく（「わたしたち」の言葉では、それは「幼児性固着」というよりはむしろ「卵」ないし「胚」であるが【35】、身体そのものではなく外部から身体に産みつけられたものであることを示唆しているのかもしれない）。さらに重要なのは、それはたんなる個人的な感情の問題なのではなく、「社会によって保護されて」いるという点である。娘が職業に就くこと、自由に結婚することを阻む家父長の問題は、女性が教会の司祭職に就くことを禁じる権力の問題と地続きである。「社会そのものが一個の父親であり、幼児性固着を患っていたようです【36】」。語り手は最後にもう一枚の写真、今度はある男性の写真に言及している。それは戦争の惨禍をもたらす独裁者の写真であり、「公的世界と私的世界には分かちがたいつながりがある、一方の世界での専制と隷属は、もう一方の世界での専制と隷属である」ことを示している【37】。

しかし、このエッセイの最大の逆説は、ジェンダーの差異をめぐる感情が近代家父長制のイデオロギーであることを喝破しながらも、語り手は最終的に、差異をむしろ意識的に維持することを選ぶという点である。男性が女性に反戦運動への協力を求めてきたこと、それ自体が「希望」であると語り手は認める。しかし、「わたしたちのあいだの分断をまるでチョークで書かれた線みたいに消し去ってしまうこと」、すなわちジェンダーの差異を抹消した〈普遍的人間性〉とは、語り手に言わせれば結局、「夢見ること」にすぎない[38]。それゆえ、語り手は男性の反戦協会には入会しないという選択をする。

戦争を阻止するためのわたしたちの最善の手助けとは、あなたがたの協会に加わるのではなく、その外部にとどまり、その目的を果たすために協力することです。わたしたちの目的は同じです。それは「あらゆる人びと――すべての男女――が、正義と平等と自由という大原則のもとで尊重される権利」を主張することです[39]。

この引用部分の最初の一文の主語「わたしたち」は、あくまで「教育のある男性の娘たち」のことである。手紙の書き手はここであらためて、「わたしたち」が別の階級として「あなたがた」から独立することを宣言している。呼びかける相手としての「あなたがた」は、共通の大義を掲げる協力者ではあるものの、「わたしたち」とは明確に区別されなくてはならない。

このように『三ギニー』の語り手は、夢ではなく現実世界に生きることを選び、現実的に実行可能かつ最良の選択をする。反戦協会には入会しない代わりに、一ギニーを無条件に協会に寄付するという判断である。それは彼女が男性と戦争反対という同じ大義を共有している証でもあるとともに、彼女がみずから政治的な判断を行い、それを表明することを可能にするだけの経済力を身につけたことの証である。政治と経済が不可分に結びついたこの世界は、いまだ彼女の理想とする世界ではないが、この現実世界に生きているかぎりにおいては、この一ギニーが大きな重みをもつのである[40]。

五　マニフェストから未来へ

すでにいくどか指摘したように、『三ギニー』と『ブラック・ジャコバン』はいずれもマニフェスト的傾向の強いテクストである。とくに『ブラック・ジャコバン』最終章の最後の数ページは事実上、二〇世紀の反植民地運動のマニフェストである。ジェームズは文字どおり、ハイチ革命がアフリカの解放への教訓になると主張する。「フランスのブルジョアが奴隷制と奴隷貿易を必要とした以上に、国際的な社会主義は自由なアフリカの生産物を必要とするだろう」[41]。初版刊行後も――マルクスとエンゲルスが『共産党宣言』の翻訳や改訂版に次々と序文を書き加えたのと同じように――ジェームズも六三年版と八〇年版にそれぞれの時代の視点から加筆し、ハイチ革命をキューバ革命や南アフリカの反アパルトヘイト運動と結びつけている[42]。

『ブラック・ジャコバン』のマニフェスト的な言説戦略は、本文中に引用されているトゥサン・ルヴェルチュールの短いマニフェストに凝縮されている。ハイチ革命初期の一七九三年、奴隷解放軍を参集するために、トゥサンは次のような文書を発令している。

> 兄弟たちよ、友たちよ。わたしはトゥサン・ルヴェルチュール。わたしの名をあなたがたはおそらくご存知だろう。わたしは復讐を開始した。わたしは自由と平等がサンドマングを統治することを望んでいる。わたしは自由と平等を実現させるために働くのだ。兄弟たちよ、あなたがたとわたしたちを団結させたまえ。そして、わたしたちとともに、同じ大義のために闘いたまえ。
>
> あなたがたの慎ましく従順な臣下

(署名) トゥサン・ルヴェルチュール
王党派将軍【43】
公共の善のために

この文書はひとまず、J・L・オースティンのいう意味での行為遂行的《パフォーマティヴ》な発話行為であると言うことができる。二人称で呼びかけられる「兄弟たち、友たち (Brothers and friends)」と一人称の「わたし」、すなわち最後の二文では一人称複数形で現われる集団の代表とが、「あなたがたとわたしたちを団結させたまえ (Unite yourselves to us)」という命令文によって一体となり、ひとつの集団意識がまさに立ち現れんとしている。『共産党宣言』の「全世界のプロレタリアよ、団結せよ」という命令文がプロレタリアという階級意識を立ちあげ歴史上の多くの革命を出現させたのと同じ機能を、トゥサンのマニフェストは果たしている。

しかし、この文書には不思議な点がある。署名にある「王党派将軍 (General of the Armies of the King)」という肩書きが、「自由と平等」というマニフェストの掲げるフランス革命の理念にあきらかに矛盾しているのである。ジェームズは、トゥサンが革命当初、フランス革命軍ではなく王党派につくことを選択した理由として、「アフリカ的な」王制崇拝を挙げる歴史家が多いことに言及している。【44】さきに論じたトゥサンの悲劇、すなわち近代的合理性とアタヴィスティックな大衆感情のあいだの葛藤を、彼のマニフェストの本文と署名のあいだの矛盾のうちにも見ることができる。

重要なのは、この文書の矛盾はトゥサン個人の誤りである以上に、マニフェストという言説行為に内在する矛盾を示唆しているということである。新しいものをつくりだすときには――新しいものとはいまだかつて存在しないものなのだから――それを現実に再現するためには、過去の衣裳を借りてこなくてはならない。けれども過去の衣裳をまとうことによって、未来は延期されてしまう。マニフェストのパフォーマティヴィティはスピーチ・アクト理論の行為遂行性であるとともに、脱構築的な意味でのパフォーマティヴィティでもある。つまり発話行為は完遂されて目指すゴールを達成することはなく、行為はつねに遅延とずれを含んでいる。革命はつねに失敗に終わり、あらたな革命を目指して、マニフェストは反復を余儀なくされる。ハイチ革命の歴史を一九三〇年代に復元しようとしたジェームズは、いわばトゥサンのマニフェストをみずから反復したのだった。その後もハイチ革命史をいくども書きなおすことによって、それぞれの時代の革命に向けて、マニフェストを反復し続けたのである。

これと同じマニフェストの自己矛盾は、『三ギニー』にも内在している。〈普遍的人間性〉の理念とジェンダーの現実的差異化は、トゥサンのマニフェストに見られる革命の理想と王制崇拝の矛盾に似て、原理的には相いれない。しかし、両者が両立不能であること、にもかかわらず共存していることこそが、マニフェストを反復させるとともに、つねに未来へと開くことにもなる。

＊

『自分ひとりの部屋』と『三ギニー』において、ウルフはさまざまな位相で「未来」を語っている。そこには現実の延長線上に実現可能な未来と、より実現可能性の低いユートピアとが共存している。両者の区別はかならずしも明確ではなく、これらのテクストが多様な解釈を許す理由にもなっている。たとえば、『自分ひとりの部屋』の有名な一文「女性が小説を書こうと思うなら、お金と自分ひとりの部屋を持たねばならない（a woman must have money and a room of her own if she is to write fiction）」【45】は命令文のかたちをとっており、現実世界で女性が経済的および社会的基盤を獲得することを奨励していると解釈することもできる。しかしこの一文は、実はエッセイの締めくくりの一文とは齟齬をきたすことになる。「彼女〈シェークスピアの妹〉のためにわたしたちが仕事をすれば、彼女はきっと来るでしょう。だからこそ貧困の中でだれにも顧みられずに仕事をしたとしても、そこにはやりがいがある（she would come if we worked for her, and that so to work, even in poverty and obscurity, is worth while)[46]」。仮定法時制で語られるこの一文は、女性は貧困という現実に抗ってでも「仕事をする」ことによって「シェークスピアの妹」の到来を実現させようという行為遂行的《パフォーマティヴ》な宣言文である。この一文をウルフの真の意味でのマニフェストだと解釈するならば、「女性は金と自分ひとりの部屋を持たなくてはならない」という文はあくまで「女性は金と自分ひとりの部屋を持たない」という現実の事実確認的《コンスタティヴ》な記述の域を出ないということがわかる。

それでは、『三ギニー』のなかで構想される〈アウトサイダーの会〉（The Outsiders' Society）とは、どういった位相における未来なのだろうか。この構想は、語り手の「あなたがたの協会／社会（society）に加わるのではなく、その外部にとどまる[47]」という判断に基づいており、その意味では現実世界のジェンダーの分断線をそのまま受けいれている。またエッセイ全体の前提からすると、〈アウトサイダーの会〉のメンバーである「わたしたち」は、「教育のある男性の娘たち」、すなわち上中流階級、知識階級の女性たちに限定されているようにみえる。

だがおそらく重要なのは、ウルフにとって「教育のある男性の娘たち」とはあくまで階級の問題なのであって、本質主義的なアイデンティティの問題ではないということだろう。というよりはむしろ、〈アウトサイダーの会〉は階級として認識されていない集合性をひとつの階級として立ちあげようという試みである。『共産党宣言』の「労働者に祖国はない」というフレーズをもじって、語り手は次のように宣言する。「女であるわたしに国はありません。女であるわたしは国などほしくはありません。女であるわたしにとって、全世界がわたしの国なのです（As a woman I have no country. As a woman I want no country. As a woman my country is the whole world)[48]」。「わたし」には「女である」というジェンダー属性を付与されているが、この「女」は「労働者」同様、ひとつの階級カテゴリーであることが示唆されている。しかもそれは、国境を越えて全世界に開かれた階級である。

しかし〈アウトサイダーの会〉は、厳密には組織と呼べるような組織ではない。協会には予算もなければ会計係もおらず、事務所も委員会もなければ秘書もいない。集会すらない。ウルフはむしろ「社会の外部」にとどまり続け、真の意味で創造的であるためには、既存の組織維持に必要な諸制度はもつべきではないと主張する。ウルフによれば、〈アウトサイダーの会〉は現実世界に実在しており、活動中なのだが、列挙される活動内容は「靴下を繕わない」

〈国家による戦争に協力することの拒否〉、「勝敗を競わない」〈資本主義的競争原理の否定〉、「教会へ行かない」〈既成の権力組織への不服従〉など、つねに否定形によって表わされる。「不在を感じさせることによって、この場にいてほしかったと思わせるのです」[49]。だがこの位相においてでさえ、〈アウトサイダーの会〉はすでにユートピア的な構想である。女性が現実世界で政治的な権力を行使するためには組織化が必要であるが、彼女たちが労働組合のような形態に組織されたならば、彼女たちはもはや〈アウトサイダー〉ではなくなる。〈アウトサイダーの会〉は組織なき集合性にとどまるかぎりにおいて成立しうる、自己矛盾をはらんだ組織なのである。いわば、マルクスのいう「みずからを代表することができない」人びとが、「代表できない」存在のままにとどまりながら社会を変革しようと試みることである。

この〈アウトサイダーの会〉をあくまで階級として記述すると、どのように記述することができるだろうか。女性が政治的発言権をもたないのは貧困だからであり、その貧困の原因のひとつとして、出産と育児を担う母親に稼得力がないからだと語り手は洞察する。本書第一章でも指摘したように、〈アウトサイダーの会〉の具体的な要求項目のひとつは、出産と育児を担う女性に現金報酬が支払われることの要求である。こうした要求自体は国境を越え、場合によってはジェンダーの差異を超えて普遍化されうる。この階級の定義をつきつめると、それは「賃金を得ていない労働者たち」である。

六　セルマ・ジェームズと「女のストライキ」

一九二九年の総選挙で国会議員となったエレノア・ラズボーンが、参政権獲得後のアジェンダのひとつと考えたのは、出産と育児を担う母親への現金支給の実現だった。彼女が一九二四年に刊行した『困窮する家族』は労働者階級の家族環境に焦点を当て、男性賃金労働者が婚姻の有無にかかわらず一律に「家族給」を支給されている現状の問題点を指摘し、育児に従事する母親には国家あるいは企業が直接現金を支給する仕組みが必要であると主張した。[50]『三ギニー』で語り手が母親業にたいして現金報酬を支払うよう求めているのは、こうした同時代の政策論にもウルフがつうじていたことを示している。

『三ギニー』の語り手は「教育のある男性の母たち」が国家から現金を支給されることを〈アウトサイダーの会〉の要求項目に掲げているが、その根本的な理由は、既婚女性は経済的自由を獲得することによって、政治的な発言の自由を手に入れるからである。

とりわけ彼女〔アウトサイダー〕は、教育のある男性の母親たちにたいして国家が法的に賃金を支払うことを要求しなくてはなりません。わたしたちの共通の闘いにとって、その重要性ははかりしれないものです。なぜならこれは、既婚女性というたくさんの方々、大変立派な階級の方々（the large and very honourable class of married women）が、自分自身の考えと意志をもつためのもっとも効果的な方法だからです。[51]

男性に経済的に依存している状態では、女性が独立した政治的意見を表明することは困難になる。女性が戦争に反対する声をあげるためには、すなわち私的領域に閉じこめられている女性が公的領域で発言する自由を獲得するためには、まずは経済的な基盤を確保する必要がある――これは現実的な必要であって、それ自体が究極の目的ではないとしても。

この根幹的な主張とともに、『三ギニー』の語り手は――おそらく手紙の受取人である男性弁護士を説得する方便として――女性が経済力を獲得することの現実的な利点を挙げている。第一に、女性が金銭的な不安なく出産できて出生率が上がれば、国家利益になる（「脱線になるかもしれませんが、考えてみてください。出生率が下がりつつある階級、子どもの出生が望まれる階級――すなわち教育のある階級で、これは出生率にどんな効果的をもたらすでしょうか」)。第二に、女性が現金報酬を得ることは、男性にとっても賃金奴隷の身分からの解放につながる(「もしあなたがたの奥様がその労働への対価としての報酬を受けるなら〔……〕あなたがたの奴隷労働も軽減されるでしょう」[52])。こうした利点を挙げることは、説得技術としては有効であるかもしれないが、本来の理念にたいしては副次的(「脱線」)でもあり、問題もはらんでいる。とくに第一の利点については、国家利益を前提とした母性保護主義、優生思想にかかわっている。実際、ラズボーンの政策提言は第二次大戦後、福祉国家政策の一環としてきわめて不完全な家族手当というかたちで実現された。皮肉なことに、それは法の前提となる標準家庭モデルに合わない生き方をする人びとを排除し、特定の家族形態を国家が強制することにつながった。

ラズボーンとウルフの提言に触発され、一九七〇年代にセルマ・ジェームズ、マリアローザ・ダラ・コスタらが中心になって展開した「家事労働に賃金を」運動もまた、同じような問題を抱えていた。「家事労働」(ケア・再生産労働)に賃金が払われるべきだという主張は、何よりもまず実現が困難である。また、再生産労働を賃金に換算するという点で、資本主義を肯定しているようにみえる。さらに、女性が「主婦」(家事労働者)であることを前提とし、その地位にとどまることをむしろ奨励しているようにすら思われる。

再生産労働に賃金を要求することは、資本主義的なのか。『仕事の問題』（二〇一一年）で「家事労働に賃金を」運動の再評価を行ったキャシー・ウィークスによれば、混乱が生じる一因として、「賃金」という概念の両義性を挙げている。ウィークスの指摘によれば、賃金とは労働者を余剰価値の生産に組みこむ資本主義のメカニズムそのものである。一方、賃金は、労働をしていない余暇の時間をつくりだすための資源でもある。[53]「家事労働に賃金を」運動は後者の意味のみで賃金をとらえているようにみえるかもしれないが、運動の真の目的は、労働者が――賃金を得ていようとも無償労働者であろうと――資本家の利潤を生むために搾取されるメカニズムそのものを切り崩すことにあった。

ジェームズとダラ・コスタが連名で発表したマニフェスト『女性の力と共同体の転覆』（一九七二年）で実際に目指されていたのは、「働かないための闘争」である。それは再生産労働を賃金労働にすることによって資本主義体制に組みこむことではなく、むしろ女性が「賃金奴隷」となることを拒否し、「働かない」権利を主張しているのである。女性を再生産労働者の地位に縛りつけるどころか、マニフェストはむしろ、女性が家庭そのものを放棄することを提案している。「家事労働に賃金を」はのちに「女のストライキ」というスローガンにとってかわられたが、後者のほうがより適切に運動の主旨を表わしているといえよう。

家庭を放棄することはすでに闘争のひとつのかたちなのだ、なぜならそこでわたしたちが行っている社会奉仕は、現在の条件ではもはや果たされないのだから。それゆえ、家庭を棄てる者たちはみな、要求する。これまでわたしたちが担ってきた重荷をあるべき場所へ――資本の肩のうえに――堂々と投げてよこすのだと。[54]

運動の根本理念においては、家事労働への賃金は労働への対価というよりはむしろ、女性がいま以上に働くことなく経済的基盤を確保するための制度として構想されている。「なぜなら、わたしたちはもう十分働いてきたから」とマニフェストは主張する。

手で、あるいは機械を使って、数十億トンものコットンを裁断し、数十億枚もの皿を洗い、数十億もの床を拭き、数十億語もの言葉をタイプし、数十億台ものラジオを配線し、数十億枚ものおむつを洗濯してきたのだ。伝統的に男性の領域だったものに「入れてもらう」たび、それは新しいレヴェルでわたしたちを搾取することだった。〔……〕女性運動にとって重要なのは、女性を家から解放しつつ、同時に二重奴隷制を回避し、あらたな資本主義のコントロールと支配体制を防ぐような闘争様式を見いだすことである。[55]

引用部分で列挙されている労働には、家庭で行う無償労働、工場労働や事務補佐労働、あるいは有償の家事労働などの低賃金労働が含まれている。労働者階級の女性の多くは、無償労働と低賃金労働の両方によって搾取される「二重奴隷制」のもとにある。七〇年代に発表された別の論考「性、人種、階級」でセルマ・ジェームズは、「文化」という概念を説明するために、ロンドンに住む黒人女性の一日を次のように詳細に記述している。

文化とはまた、午前六時に鳴り響く目覚まし時計の音、ロンドンに住む黒人女性が子どもを起こし、保育所に連れて行く準備をするための音だ。文化とは、彼女がバス停で「なんて寒いの」と感じ、そして混んだバスのなかで「なんて暑いの」と感じることだ。文化とは、月曜の朝八時に職場に着いて「今日が金曜だったらいいのに」「どこか遠くに行きたい」と願うことだ。文化とは、工場の製造ラインの速度、病院の汚れたシーツの臭い、仕事中に「今晩の夕食は何をつくろうかしら」と考えることだ。文化とは、夫がテレビでニュースを観ているあいだに夕食をつくることだ。

そして文化とは、「理性のない女」が台所から居間にやってきて、「何の理由もないのに」一言も言わずにテレビを消すことなのだ。[56]

一日のあいだに無償労働と賃金労働をシームレスに往復してこなしている女性の一日の現実的な描写であるが、同時に、「家事労働に賃金を」という要求を文字どおりに実現することの困難を物語るものでもある。古典的なマルクス主義によれば、労働の交換価値は労働時間によって計測される。厳密に家事労働の対価として賃金を支払うとするなら、まずは労働時間を計測する必要がある。しかし、この「ロンドンの黒人女性」の一日の活動のどの部分が「家事労働」にあたるのかを判断するのは難しい。また、女性はしばしば同じ労働を家庭内で無償で行うこともあれば、賃金労働として行うこともある（この女性は、家庭でも勤務先の病院でも、汚れたシーツの交換というケア労働を行っていると推測できる[57]）。つまり、再生産労働を資本主義の価値のシステムで評価することはきわめて困難、あるいはほぼ不可能だとすらいえる。

だが、こうもいえよう。「家事労働に賃金を」という運動は、まさに家事労働の賃金換算が実現不可能であることによって、本来の目的、すなわち資本主義の価値体系そのものの転覆につながりうるのではないか。マニフェストが主張しているように、女性の労働の真の価値があきらかになるのは、女性が労働を放棄するときである。ウルフが『三ギニー』で述べたとおり、女性の活動はそれが不在であることによってのみ、その必要性が理解される――不可視の基盤は、それが欠如することによってのみ可視化されうる。「家事労働に賃金を」運動はその後、「女のストライキ」という名の運動に引きつがれるが、この「女のストライキ」という構想こそは、そのユートピア的な部分も含めて、ウルフのいう〈アウトサイダーの会〉の理念にきわめて近いといえる。もちろん、セルマ・ジェームズら運動の推進者たちは、初めから実現不可能なユートピアを目指していたわけではない。『女性の力と共同体の転覆』と同時期にジェームズが執筆した論考「女性、組合、仕事、あるいはなすべきではないこと」（一九七二年）の末尾には、運動の具体的な要求項目が箇条書きに列挙されている。そこにはたとえば、「女性であるか男性であるか、働いているかいないか、結婚しているかいないかにかかわらず収入を保障すること」や「地域によって運営される保育所や育児支援」といった、社会福祉政策として十分に実現が可能な要求が掲げられている。[58]だが、その実現可能性の彼岸には究極のユートピア的未来があり、そうした未来へのまなざしこそが、運動を実現可能性へと駆動しているのである。

セルマ・ジェームズが掲げた「収入保障」という要求項目は、ジェンダーや就業・婚姻状況にかかわらず一定の収入を保障されるべきであるという考え方であり、ユニヴァーサル・ベーシック・インカムにきわめて近い。このことからも、「家事労働に賃金を」運動がジェンダーの差異を超えたより普遍的な理念に根ざしていたことがみてとれる。実際、運動は七〇年代当初から無償の再生産労働がグローバル資本主義システムの問題であり、全世界の無償労働者の問題へと普遍化しうることを前提としたうえで、国際的な連帯を呼びかけていた。「全世界の賃金なき者たち」（一九七五年）と題した論考でセルマ・ジェームズは、経済先進国と発展途上国の労働者階級のあいだにはあきらかな権力関係があることを認めつつ、同じ世界システムのもとで搾取される無償労働者として、先進国の主婦と第三世界の農村で無償の重労働を担う女性とが連帯することによって、グローバル・システムを変革していく力になりうると主張している。[59] ジェームズが目指していたのは、白人男性賃金労働者をモデルとする階級闘争に包摂され一元化された運動ではなく、それぞれの被抑圧者たちが自律的に闘争の形式を獲得し、緩やかな連携のかたちを模索することだった。この点においても、ジェームズが主導した七〇年代フェミニズムは、ウルフが『三ギニー』で描いたヴィジョン――それぞれの階級が互いに包摂されることなく、同じ大義を掲げて協働すること――を共有し

ていたといえるだろう。【60】

第五章　戦争とともに生を書く——ヴァージニア・ウルフの晩年

一「クィアな自伝」

自伝研究で知られるポール・ジョン・イーキンは、『わたしたちの生はいかに物語となるか』（一九九九年）のなかで、デカルト的コギトに代わる自己の基盤を身体、社会的関係性、物語に求めている。[1] イーキン自身も示唆しているように、このように脱精神化された自己モデルは一九世紀末から二〇世紀前半のヨーロッパ、アメリカにおける心理学、社会学、精神分析といった分野の言説によって基礎づけられている。身体的な自己モデルはウィリアム・ジェームズやジークムント・フロイトに由来しており、それぞれ現代の脳神経医学の議論や文化理論における身体論につながっている。自己が社会的関係によって生成されるとする考え方は、ウィリアム・ジェームズの自己論を社会構築論的立場から発展的に継承したジョージ・ハーバート・ミードに端を発する。そしてもちろん、エディプス神話によって自我生成の物語の原型を提示したのは、精神分析の祖フロイトだった。

「モダニスト」と総称される文学者や思想家のなかには、みずから自伝的な文章を書くことによって、同時代の新しい自己の理論、生の理論の実践を試みた者も少なくない。おそらくモダニズム英語文学の前衛的な自伝としてもっともよく知られるのは、ガートルード・スタインの『アリス・B・トクラスの自伝』（一九三三年）である。[2] スタインは恋人トクラスの語りをつうじて「ガートルード・スタイン」を描くことによって、自己（スタイン）が他者（トクラス）なくしては成立しえないこと、自画像の成立には他者の視線と言語が不可欠であることをあかるみに出した。『トクラスの自伝』はまた、巧妙に暗号化されたレズビアンの自伝でもある。『二〇世紀のクィアな自伝の形成』（二〇〇七年）のジョージア・ジョンストンによれば、スタインらの自伝は二〇世紀前半のヨーロッパにおける女性の自己がいかにジェンダーとセクシュアリティによって規定されているか、正典的な自伝の自己物語がいかにジェンダー化され、家父長制とそれを支えるヘテロセクシズムに絡めとられているか、「クィアな自伝」の可能性を指し示すことによって問題提起したのだという。[3]
ジョンストンの著書でも取りあげられているが、ヴァージニア・ウルフもまた、新しい自伝を実践しようとしたモダニストのひとりである。彼女は生涯にわたっていくどか「伝記」と銘打った作品を発表したが、そのかたわら自伝の執筆も試みていた。[4] ウルフはまた、文字どおりの意味において、現代につながる自伝およびライフ・ライティング研究の先駆者でもある。フィリップ・ルジュンヌの『自伝契約』に代表される七〇年代の自伝研究以降、「自伝(autobiography, autobiographie)」という語があまりに限定的な意味内容をもつようになってしまったため、今日の英語圏での研究では「自伝」よりも包括的な意味合いをもつ「ライフ・ライティング(life writing)」という語がしばしばもちいられる。ライフ・ライティングとは回想録、手記、伝記といった隣接するテクスト群を総称する用語である。ウルフ自身、ライフ・ライティングという語を実際にもちいており、狭義の「自己」の問題を超えて「生を書くこと」全般の問題を考察しようとした。彼女は一九二〇年代の時点ですでに「新しい伝記」(一九二七年)というエッセイを書き、二〇世紀における伝記のあるべき姿を提案している。[5]
さらに彼女は、恋人ヴィタ・サックヴィル＝ウェストをモデルとした架空の伝記『オーランドー』(一九二八年)や、一九世紀の詩人エリザベス・バレット・ブラウニングの飼い犬の伝記『フラッシュ』（一九三三年）といった作品をつうじて「新しい伝記」をみずから実践した。スタインと同じように、ウルフもウィリアム・ジェームズやフロイトの理論に影響を受けた作家のひとりだが、彼女の自伝的著作はたんに同時代の心理学や精神分析と同じ言説空間に属していただけでなく、そうした理論にたいして批判的な応答を試みている。

ハイ・モダニズムを代表する前衛的な作家でもあったウルフやスタインにとっては、ライフ・ライティングは彼女たちの傑作というには微妙なテクストである。いってみればそれは、彼女たちと「大衆」読者——おそらく『やさしい釦』や『波』のような作品は読まないかもしれない人びと——をつなぐテクストだった。『アリス・B・トクラスの自伝』はスタインのベストセラーになったが、その続編『みんなの自伝』（一九三七年）の冒頭でスタインは、「自伝なんて簡単、好むと好まざるとにかかわらず、自伝なんて誰にだって簡単、だからこれはみんなの自伝」と自嘲気味に書いている[6]。ウルフもまた、ライフ・ライティングが小説よりも大衆的なジャンルであることを意識していたはずである。レナード・ウルフの回想録によれば、『フラッシュ』は『オーランドー』とともに、ウルフの著作のなかでは出版当時もっともよく売れた作品だった[7]。ライフ・ライティングがウルフに「ふつうの読者[8]」と関係を取り結ぶ機会を与えてくれたことは、彼女にとってけっしてマイナスではなかった。むしろ、自己の物語としての自伝を女性の集合的な生の物語へと開いていくフェミニスト・ライフ・ライティングのプロジェクトにとっては、「大衆」という読者は必要とされていたというべきである。

一九三九年四月、ウルフは最後の自伝執筆に取りかかった。その年の秋には、英国はふたたびドイツとの戦争を開始した。『ロジャー・フライ伝』と最後の小説『幕間』の執筆のかたわら、彼女は「過去の素描」と題されたこの原稿の改稿をおそらく一九四一年三月二七日の自死直前まで繰りかえしていた。[9]「生を書くこと」の不可能は、第二次世界大戦の激化と作者自身の死によって実証されてしまったかに思える。本章では、この未完に終わったライフ・ライティング執筆の軌跡を草稿から辿りなおすことによって、最晩年のウルフが書くことのできなかった生の物語とは何であったのか、探究していきたい。

二　自己の二重化

「過去の素描」執筆を開始した一九三九年四月の時点で、ウルフは『ロジャー・フライ伝』を書きあげているところだった。

実のところ、ロジャーの人生を書くことにはうんざりしてしまったので、二、三日午前中を費やして、スケッチを描いてみよう。いくつかの困難がある。第一に、膨大な量の事柄を思いだしてしまうこと。[10]

『フライ伝』の執筆が困難をきわめたという記述は同時期の日記中にも頻出しているが、「過去の素描」の前半部分では繰りかえし、自伝を書くことが『フライ伝』執筆からの逃避行動であると仄めかされる。「ロジャーの人生を首尾一貫したものにするというつまらない作業に〔……〕耐えられなくなった[11]」。『フライ伝』はウルフの「新しい伝記」の理想の実現をある程度までは目指していたものの、基本的には、資料を丁寧に引用しつつ客観的事実を積みあげていき、首尾一貫した生を構築するというプロジェクトだった。『フライ伝』からの逃避として書かれる自伝は、それとはさらに異なるライフ・ライティングの方法論を模索する試みでもあったのだろう。

新しいライフ・ライティングとは「膨大な量の事柄を思いだす」こと、つまり事実ではなく記憶に基づいて書かれるテクストである。ウルフはまず、膨大な量の記憶のなかから「最初の記憶」を掘り起こそうとする。それは母のドレスに描かれた赤と紫の花模様であり、ウルフは母の膝の上でその模様を眺めている。おそらくセント・アイヴスの別荘から帰宅する途中の記憶なのだろうが、「しかしセント・アイヴスに行くところだと考えたほうが、芸術的には好都合である。なぜならそれはもうひとつの記憶、それも最初の記憶だと思える記憶、わたしの記憶のなかでもっとも重要な記憶に結びつくから」[12]。その記憶とは、別荘の子ども部屋のベッドの上で夢うつつのまま波が砕ける音を聞いている記憶、『波』（一九三一年）の原風景にもなった重要な記憶である。だがここでのウルフは、「芸術的に好都合」だという理由で記憶に修正を施していること、しかも「最初の記憶」が実はふたつあることを暴露することによって、それらの記憶の原風景としての神話性をみずから破壊している。ウルフはさらに、自伝を書くことの難しさを列挙する。自伝の難しさはとりわけ、幼い頃の記憶を言語化すること自体の難しさである。「もしわたしが画家ならば、こうした第一印象を淡い黄色、銀色、そして緑色で描くだろう〔……〕わたしは球体をした、半透明な絵を描くべきだ」[13]。「半透明」という語はただちに「モダン・フィクション」（一九二五年）の有名な一節、「生とは輝く光輪、意識の始めから終わりまでわたしたちを包んでいる半透明の皮膜」という生の定義を連想させる。[14]しかし、「過去の素描」が強調するのはむしろ、半透明の皮膜に覆われた記憶を

「書く」ことができないという点である。

なぜ、書けないのか。こうした初期の記憶を前にしたとき、「わたしには自分自身の自覚がほとんどなく、感覚（sensation）だけしかわからない。わたしは恍惚とした感情、歓喜の感情の器でしかない」[15]。だが、こうした感情を言語によって記述するには、感覚を超える高次の意識、「自分自身の自覚」がなくてはならない。ここで使われている「意識」、「感覚」、「器」といった語彙を、ウルフはウィリアム・ジェームズと共有している。ジェームズ心理学の出発点は意識をふたつの次元に分けて考えること、身体的な感覚の次元の意識にたいしてより高次の意識を設定することだった。自伝を書くという内省的な営みは、この高次の意識の活動である。だが、「書くわたし」が立ち現れるやいなや、「子ども時代のわたし」と一体化した「感情の器」は消失してしまうだろう。自伝を書く「わたし」がいるかぎり、子どものころの記憶の強烈さは完全に復元されることはないだろう。

「過去の素描」の前半部分は、「生を書く」行為そのものを考察するメタコメンタリーに満ちている。ウルフによれば、人生には存在と非存在の時間がある[16]。人生の大半は漠然とした非存在の瞬間に費やされているが、記憶とはそうした凡庸な時間ではなく、例外的な存在の瞬間、「激しい衝撃」の瞬間から成り立っている。衝撃を受ける瞬間は非常に貴重なものであり、まさにこうした「衝撃を受ける能力」によって、ウルフという作家は誕生したのである。

あえて説明すれば、わたしの場合、衝撃はただちにそれを説明したい欲望につながるということである。打撃を食らったと感じるが、それは、子どものとき感じたような、日常生活の綿花の背後に隠れた敵からの一打ではない。それは何らかの秩序の顕在化であるか、いずれそうなるものである。外見の背後にあるほんものの徴である。そしてわたしは、その体験を言葉にすることによって、ほんものにする。[17]

引用箇所の後半でウルフは、「書くこと」を「ほんもの（some real thing）」を創造する行為として肯定的にとらえているが、「衝撃を受ける能力」をめぐるこの一節は、かなり両義的でもある。「書くこと」すなわち言語化することは「説明したい欲望」とは切り離せないが、ウルフ自身、理性による説明は「衝撃の大槌の力を鈍らせてしまう」[18]とも考えている。生の衝撃を追体験しつつ、そこから子どもには見抜くことのできない真実を引きだすという二重の視点、おそらくは不可能な二重の能力を、作家としての自己は課せられている。

自伝における過去と現在の関係にたいして、ウルフは非常に自覚的である。「過去の素描」

は日記のような構成になっており、各々のセクションの冒頭には執筆している現在の日付が記入されている。記憶は事実とは異なり、あくまで思い出を語る「現在のわたし」なくしては成立しない。自伝が一度中断される直前の「一九三九年七月一九日」と日付のあるセクションの冒頭で、ウルフは次のようにも書いている。「わたしは過去のことを考えている。しかし、そのときこそ、わたしは現在をもっとも完全に生きているのだ。なぜなら過去によって支えられている現在は、カメラのフィルムが目にしか届かないときのように、接近しすぎてほかのことを考えられない現在よりも、千倍も深いものだから【19】」。過去と現在の二重化された意識は「完全な生」を生きるためには不可欠である。だが、「現在のわたし」が「感情の器」と同一化して過去の生を再現することは可能なのか。

『記憶のアーキテクスト』（二〇〇五年）の著者エヴリン・エンダーは、プルーストやウルフといったモダニスト作家の自伝的テクストを中心に取りあげ、こうした作家が記憶による過去のイメージの呼びおこし作業を積極的に自己創造の手段として活用したと論じている。エンダーによれば、ウルフにとっての回想とは、「現在のわたし」と「過去のわたし」との内省的な出会いであるというよりはむしろ、記憶のイメージのもつ圧倒的な力によって「記憶するわたし」が記憶のなかに取りこまれる体験であり、そうして新しく創造された自己は「感情の器」と一体化した存在となる。[20] しかしエンダーは、ウルフの自伝の「現在のわたし」がこれだけしばしば書くことの困難を訴えている点を見逃している。「書けないわたし」はやはり「感情の器」とは同一化しえないし、「過去の素描」が実際に極度の内省的意識によって厳密に統制されたテクストであることは、度重なる改稿の過程を見てもあきらかである。むしろ「感情の器」を理想化しつつもそこに到達できない「書けない」自己に向きあうことこそが、「過去の素描」の出発点だったのである。

三　母の死／病んだ自己

伝記から自伝へ。『フライ伝』から逃避して「過去の素描」を書き始めたウルフは、他者の生を書くことを断念し、もっぱら自己の生へと向きあうという、ナルシシスティックな転回を果たしたのだろうか。

日記のなかでウルフは、「過去の素描」を「自伝（autobiography）」と呼ぶこともあるが、多くの場合はより一般的に「回想録（memoir, memoirs）」と呼んでいる。こうしたジャンル区分にウルフがどれほど意識的だったかはわからないが、少なくとも「過去の素描」は、ロマン派の自伝に典型的な自己の探求を主題とするテクストではない。「ほんものの生」は「中心を欠いているべきだ」と一九四〇年一一月一日付の日記に書いているように[21]、「過去の素描」は『フライ伝』が目指した「首尾一貫した」生を、自己の物語で再演するべきものではなかった。回想録における自己は、けっして自伝で語られる断片的な物語を統合する中心ではない。記憶の集積としての回想録は自己の物語を語る以上に、他者の物語を語るものである。

「最初の記憶」が母の膝、母のドレスであることからもわかるように、ウルフの母ジュリア・スティーヴンは、「過去の素描」前半部分で中心的役割を担う人物である。彼女は「目には見えないが、結局、誰しもの人生において重要な役割を果たす、そうした存在」であるが、そうした「見えない存在」こそが自伝の主題を左右する存在なのだ。「こうした目に見えない存在を分析することができないとすれば、回想録の主題について、わたしたちはほとんど何も知らないのだ。またしても、ライフ・ライティングはいかに不毛になることか[22]」。しかしウルフ自身もまた、こうした「目に見えない存在」、母その人を十分に書くことができない。「だけど、美貌を別にすれば〔……〕彼女はどんな人だったのだろうか[23]」、「彼女の死後、彼女についてのわたしの意見にたいして押しつけられた描写や逸話の頼る以外に、彼女にこれ以上近づくことはできるだろうか[24]」――こうした問いへの答えはいつも、「母その人」をすり抜けてしまう。逸話を記述しているとき、「わたしはまたしてもここで回想録に浸っていて、ジュリア・ジャクソンという現実の人間を片側に押しやっている」[25]。父レズリーと結婚する前の母、前夫が生きていたときの「人が幸せになれるかぎりでもっとも幸せだったとき」の母の人生について、ウルフはもちろん客観的事実は知りうるものの、「彼女がどんな人だったか〔……〕わたしはまったくわからない」[26]。

ウルフが実際にこの自伝を書くことを困難に感じていたことは、改稿作業の様子からも伝わってくる。その意味においても、この自伝が一度、一九三九年七月から一九四〇年六月にかけて、一年近くものあいだ執筆を中断されていること、しかも「一九三九年七月一九日」の初期草稿からは完全に削除されてしまった部分があることは重要である。結局書くことができなかったその部分とは、母の死後、二年間にわたってウルフが煩った病をめぐる記述である。割愛された初期草稿にはまず、十代前半のいわゆる思春期にあたるこの時期について、「記述するのがもっとも難しい年月」だったと書かれている。病気の原因は、母の死がちょうどこの時期に重なったためだった。病気は「精神」の問題であるだけでなく、異常に速く打つ脈拍に見られるような、身体的な兆候を伴っていた。この体験を語ろうとするとき、「どうやってふたたび、身体と精神を分けようか」とウルフは自問している[27]。生涯にわたっていくどもこの「神経衰弱」の発作に悩まされたウルフにとって、病気とは文学者としての精神が身体の束縛を受けていることをもっとも明確に示す現象だった。「病気になることについて」（一九二六年）と題されたエッセイのなかで彼女は、文学は精神のみにかかわるものであって身体は魂が見透かすことのできるガラスにすぎないとする考え方に反論している。「毎日、毎晩、身体は干渉する。鈍くしたり鋭くしたり、色づけたり脱色したり、六月の暖かさのなかで蝋のように溶けたり、二月の霧のなかで獣脂のように固まったり」[28]。「過去の素描」の割愛された草稿では、ウルフは次のような言葉で、自分の病を書くことの不安を打ちあけている。

もしわたしが自分自身の視点でこのことを書いているとすれば、それは、学校の授業を受けなかった子ども、読むことと書くことは許されていたけれども、友達がなく、本から知識を吸収し、家族の重圧にひどく敏感で、興奮しがちで身体の不調を感じがちな子どもの視点だった。だとすれば、私はよい目撃者になれるのだろうか。すべてを台無しにしているのではないか（Am I getting everything queered?）[29]。

この最初の病の二年間は、ウルフにとっては唯一「物語もエッセイもけっして書かず、書きたいとも思わなかった」時期でもあり、[30]その理由はおそらく異常に速い脈拍のせいだったと彼女は説明している。書くことのできなかった二年間は、精神が身体にほぼ完全に支配された時期であり、その時期に立ち戻った「自己」の視点で書くことは「すべてを台無し（クィア）にする」危険を伴っていた。もちろん、ここでのqueerという語は「同性愛者」という意味で使われているわけではないが、「病んだ自己」の物語が書かれるとすれば、それは通常の「自己」の物語を逸脱した奇妙《クィア》な物語であるほかはなかっただろう。

最終的には反故となった「病んだ自己」をめぐる草稿は、母の死からその二年後の異父姉ステラの死までの挿話を書きつないでいるときに書かれたはずのものである。さきに述べた通り、この部分を書いた後、ウルフは一年近くのあいだ執筆を中断している。母の死とともに、ウルフの自己物語もまた、ひとたび死んだのである。

四　フロイトの長い影

ウルフとフロイトの関係を論じる際に、多くの批評家が好んで引用する逸話がある。

一九三九年一月、ロンドンのハムステッドにウルフ夫妻がフロイトを訪ねたとき、ヴァージニアは初対面のフロイトから、ナルシサスの花を贈られたという逸話である。フロイトは当時八二歳、ナチス支配下のウィーンを逃れ、前年の夏以来ロンドンに滞在していたが、末期癌で死を目前にしていた。日記のなかで彼女は、フロイトと会見したときの様子について、「わたしたちは椅子に坐った患者のよう」であり、フロイト自身は「くしゃくしゃに萎んだ老人」で「猿みたいな明るい目をして」いるなどと描写している。[31]『二〇世紀のクィアな自伝の形成』のジョンストンによれば、こうした一連の皮肉っぽい描写はウルフがフロイトにたいしてある種の不信感と距離感を抱いていたことの証拠のひとつであり、自分を典型的なナルシシズムの症例と診断したフロイトにたいする反論として、ウルフはみずから「クィアな自伝」を書き始めたという。[32]

日記によれば、フロイトに対面した後、ウルフは初めてフロイトの著作を実際に読むことになる。一九三九年九月から一九四〇年にかけて日記にはしばしばフロイトにまつわる記述があるが、これはちょうど「過去の素描」が中断されていた時期にあたる。実際、「過去の素描」後半部分には、明確にフロイトを意識した表現が現れる。「一九四〇年六月一九日」には、父レズリー・スティーヴンにたいする感情を記述する際に、ウルフはあえてフロイト的語彙を活用している。「わたしがフロイトを初めて読んだのはつい最近なのだが、この激しく不穏な愛情と憎悪の葛藤はよくある感情であり、両価性《アンビヴァレンス》と呼ばれている」[33]。「アンビヴァレンス」という用語を父との関係の記述に使用するのは、フロイト理論の文脈に沿った用法である。たとえばフロイトは、ウルフが当時読んでいたとされる『ある錯覚の未来』のなかでも、子どもが初期ナルシシズムの状態から脱却する過程において、まず愛の対象を母に見いだし、その後に父の崇拝と畏怖へと移行する際に子どもが父にたいして抱く複雑な感情を表す語として、両価性《アンビヴァレンツ》という用語を使っている[34]。「過去の素描」のなかでは、こうした父との愛憎関係の描写は母の死、そしてその二年後の（母の死後母親代わりとなった）ステラの死の後に続く部分であり、自伝のプロット自体も愛の対象の移行をなぞっているかのようにみえる。

ジョンストンは、ウルフのフロイト引用はフロイト理論をたんに自分の物語に適用しているのではなく、むしろフロイトのパロディを演じ、男児をモデルにヘテロセクシュアルな価値観のうえに構築されたエディプス物語へ反論しているのだと指摘する[35]。フロイトは実際、女性の同性愛をもエディプス物語によって解釈しようとした。ジョンストンも別の章で引用しているフロイトの同性愛論のひとつ、『女性同性愛の一事例の心的成因について』（一九二一年）では、年上の女性に恋をした一八歳の女性について、次のような解釈が施されている。フロイトによれば、この女性は幼少期には「正常な」女性のエディプス・コンプレックス（「エレクトラ・コンプレックス」という用語をフロイトは使わない）の発達段階を通過した。しかし彼女が一六歳のとき母親が妊娠し、あらたに弟が生まれた。これは彼女が思春期においてエディプス・コンプレックスの復活を経験している時期に起こったできごとであり、父親の子どもを産みたいという彼女の無意識の願望は、競争相手である母親によって打ち砕かれる。父親にたいして復讐するために、また同時に、アンビヴァレントな感情を抱いてきた母親に男性を譲ってみずから「引退」するために、彼女は愛の対象として女性に向かうことになった。こうした解釈においては、この女性はエディプス・コンプレックスを通過することによってまず異性愛者となった後に、父への愛の挫折から同性愛に向かったことになる。ただしフロイトは結論部分ではより注意深く、こうした経験をした女性がすべて同性愛者になるわけではなく、この女性はやはり先天的に同性愛的なリビドーを強くもっていて、思春期の経験によってそれが固定化されたものと考えている。この場合の同性愛的リビドーを証明するものとしてフロイトが挙げているのは、この女性が美貌をもち自己愛的傾向があったこと、「男性コンプレックス」が強くフェミニストであったことなどである。[36]

　このようなフロイトの議論を読めば、フロイトがウルフを「患者」として見た場合にどのような診断を下すか、容易に予想がつく。そして、ウルフのフロイトへの言及がかなりの程度パロディ的であり、フロイトの対抗物語をウルフが「過去の素描」において企図していたと考えるのは――たとえ彼女がフロイトの同性愛論を直接読んでいなかったとしても――おそらくまちがってはいない。フロイトがエディプス物語に固執して女性の同性愛の物語に非常に複雑な筋書きを与えたのにたいして、ウルフはより簡潔な物語を提示した。ウルフが書こうとしたクィアな自伝とは、愛の対象が母から父へと移行することのない自己の物語である[37]。その物語は、ウルフにとっては、母の死とともにいったんは終わってしまった物語でもあるのだろう。

しかしながら、ウルフとフロイトの関係を全面的な敵対関係ととらえるのはあまりに短絡的にすぎるだろう。ウルフによるフロイト思想への応答をプロット・レヴェルを超えてもう少し緻密に読みなおすならば、そこには両者の思想のあいだの単純な影響関係や敵対関係では説明できない複雑な絡みあいがみえてくる。一九三九年九月以前のウルフがフロイト理論をまったく知らなかったわけではなく、『ダロウェイ夫人』や『波』のような著作はフロイト的な洞察なくしては書かれなかったと考えられる。フロイトを読み始める以前に書かれたはずの「過去の素描」の前半部分にも、「書く」プロセスを精神分析に結びつけるアナロジー

——「精神分析医が患者にすることを自分にしていた」[38]——が使われるなど、精神分析的言説の影響はすでに色濃く現れている。フロイトを経由することによって、ウィリアム・ジェームズ的な「二重化された」自己意識の問題は、無意識の領域にまで踏みこむことになる。同じく「過去の素描」前半部、さきに引用した「感情の器」に続く逸話では、「最初の記憶」のさらなる例として、幼いころ、鏡に自分の姿を映すことを恥じたという経験——フロイト的に言えば初期ナルシシズムからの脱却をめぐる経験——が語られている。

つま先立ちすると、鏡で自分の顔を見ることができた。おそらく六歳か七歳のとき、その鏡で顔を見るのが習慣になった。しかしわたしがそうするのは、自分が独りでいると確信できるときだけだった。恥ずかしいことだと思っていたのだ。だけど、なぜ恥ずかしかったのだろう。[39]

鏡のなかの自分を見たいという欲望にもかかわらず、それを恥じる感情はどこから生じるのか。「わたしの美にたいする自然な愛は、先祖代々の恐怖によって抑制されていた」。こうした美を恥じる感情は自分自身の身体に向けられたときにのみ起こる感情である。「わたしは自分自身の身体を恥じていたか、恐れていたにちがいない[40]」。

『ナルシシズムの導入にむけて』の結論部でフロイトは、初期ナルシシズムからの脱却とは幼児の自我の発達に不可欠のプロセスであり、そのプロセスを以下のように説明した。「自我の発達とは一次的ナルシシズムから隔たっていくことであり〔……〕この隔たりは、外部から押しつけられた自我理想へのリビドー遷移を用いて、つまりこの理想の成就がもたらす満足へのリビドー遷移を用いて、生じてくる。[41]」だが、鏡を恐怖しつつも執着する「わたし」は、初期ナルシシズムからの完全な脱却に失敗した「わたし」、自我理想を愛の対象に選択することに失敗した「わたし」である。こうした両義的な感情の起源を求めてウルフはみずからの深層心理を遡行し、幼児期の別の記憶――異父兄ジェラルド・ダックワースに性的虐待を受けた記憶――を蘇らせる。

このことによって、身体のある部分にたいする感情、それらの部分は触られるべきではなく、触らせることがいかに悪いことかといった感情は、本能にちがいないとわかる。そこから証明されるのは、ヴァージニア・スティーヴンは一八八二年一月二五日に生まれたのではなく、何千年も前に生まれたのだということ、過去の何千人もの先祖の女性たちが獲得した本能に、人生の最初から出くわさなくてはならなかったということだ[42]。

個人的な記憶は女性の身体を媒介として、過去の無数の女性たちの記憶とつながっている。そして、それこそが「本能」と呼ばれるものだという。心的外傷体験、のちの病気の一因とも考えられる体験を語る最中に唐突に現れるこの一節は、ウルフがこの記憶を自己の内部で完結するのではない、より大きな物語に接続しようとしていることを示唆している。

さらに続けて、ウルフは鏡にまつわる夢の記憶を語る。

夢のなかでわたしが鏡を見ていると、恐ろしい顔――動物の顔――が突然、わたしの肩越しに現れた。これが夢だったのか、ほんとに起こったことなのか、わたしにはよくわからない。わたしがある日鏡を見ていたとき、背後で何かが動いて、それを生きていると思ったのか、よくわからない。しかしわたしはいつでも鏡のなかの別の顔を覚えていたし、夢か事実かはともかく、それは恐ろしかった[43]。

鏡に対する恐怖心は、ここでは「動物の顔」として具現化する。自己愛の禁止を命ずる自我理想（超自我）のアタヴィスティックな特性を形象化したものだともいえよう。『ナルシシズムの導入について』の最終段落でフロイトは、こうした自我理想が社会的なものであり、集団心理に結びついていること、自我理想とは家族、社会、そして国民の理想でもあることを指摘している。「それは、ひとりの人物のナルシス的リビドーのほかに、大量の同性愛的リビドーも拘束したが、この同性愛リビドーはまさにこの道を通って自我へと回帰してきたわけである」【44】。鏡に映った「動物の顔」は、こうした集団心理による拘束の暴力的な側面を彷彿とさせるイメージでもある。フロイト的な思考の枠組を活用しつつ、フロイト自身が構築した自己物語からはあえて逸脱することによって、ウルフは自己の記憶を（ヘテロ）セクシストな権威のもとで、女性が自己愛とともに同性愛をも禁止される過程として語りなおそうとしたのだろう。「母の死」と「病んだ自己」の物語の彼岸には、家父長制／（ヘテロ）セクシズムの集団心理に抗う女性たちの集合的な物語が想像されていたのである。

五　戦争と死を超えて

一年近くの中断の後、執筆が再開された自伝の「一九四〇年六月八日」と日付のあるセクションの冒頭に、ウルフは次のように書いている。

これらのメモを終えることはあるだろうか――本にするなんていうまでもなく。〔……〕もし「イギリスがナチス・ドイツに」負けるとすれば、どういうふうに問題を解決するにせよ、ひとつの解決法が自殺であるのはまちがいない（三日前ロンドンで、わたしたちのあいだではそう決めた）――本を書くことは疑わしくなってきた。[45]

戦時色が次第に濃くなるロンドンで、ナチスがイギリスに上陸した場合、レナードがユダヤ人であるため、ウルフ夫妻は自殺する覚悟を決めていた。[46]同年七月にはドイツとの全面戦争が始まった。九月にはロンドン空爆が本格化し、ウルフ夫妻が長年住んだタヴィストック・スクウェアの家も爆撃で全壊している。「過去の素描」を再開するにあたってウルフは、作家の個人的な物語、すなわち書くことのできない病んだ自己と、その背後にある母の死の物語が、より大きな物語、つまりヨーロッパ文明そのものの死の物語へと連続していることを確かめようとしていたかのようである。

一九三九年から四〇年にかけてウルフが読んでいたとされるフロイトの著作は『ある錯覚

の未来』、『文明の中の居心地悪さ』、『集団心理学と自我分析』だったと推測される【47】。いずれもフロイトが精神分析を個人の心理の問題から集団心理、そして文明論へと拡張しようとした時期の著作である。『集団心理学』のなかでフロイトは、ギュスターヴ・ル・ボン、ウィリアム・マクドゥーガル、ウィルフレッド・トロッターらの集団心理論を引用して、集団心理が保守的、権威主義的、機械的などといった原始的な特性を帯びることを説明し、そうした集団の初期的状態を考察する。フロイトによれば「集団の心理とは、最古の人間心理である」【48】。集団心理は、自我理想の形成過程によって説明される。自我理想とは具体的には自己観察、良心、夢の検閲、抑圧といった心理機能を表すが、こうした心理は自己充足的な初期ナルシシズムの状態にあった自我が社会環境の影響によってみずからに不満を抱くようになり、そうした不満を解消するために自我から自我理想を分離させる必要から生じる。初期集団とは、同じひとつの対象を自我理想とし、結果的に自我を他の集団の一員の自我と同一化させることによって生まれた集団である。初期集団の指導者は、敬愛と畏怖の対象としての「原初的父」と同じ性格を保っているとフロイトはいう。

「過去の素描」後半部では、母とステラの死後ウルフの生活に大きな割合を占めることになった父の肖像が、フロイト的な初期集団の指導者として——神のような特権的存在、アンビヴァレントな愛憎の対象であると同時に、どこか原始的、動物的でもある存在として――描かれている。父は「神のようだが子どものようでもあり」、家族のなかでは「異常なほど特権的な地位にあった」[49]。彼はまた、「暴君のような父」、「交互に愛されたり憎まれたりする父」と呼ばれ、母の死後、父といっしょに暮らすことは「野獣と同じ檻に閉じこめられている感じ」だった[50]。晩年の父は、自分が哲学者としては失敗したことを自覚しており、挫折感と自己憐憫から、家族にたいしては暴力的に振舞っていた。ウルフはそうした父の心理を、しばしば「自分自身のふるまいにたいする完全な無意識」などと記述する。父の激しい怒りには「どこか盲目的で、動物的、野蛮なところ」があり、「極端に無自覚であるという点で、彼は非文明的だった」[51]。ヴィクトリア朝の知性を体現する文筆家レズリー・スティーヴンを「野獣」と呼ぶことは父親への私的な復讐であるだけでなく、ヴィクトリア朝的な父権制度そのものへの批判でもある。レズリーはいわば、ヴィクトリア朝人という集団における自我理想の具現化であるとともに、そうした集団心理のアタヴィズムと暴力性の象徴なのである。

ウルフはまた、父と異父兄ジョージ、ジェラルドが属する上層中流階級のヴィクトリア朝社会を喩えて、しばしば「機械」という語を使う。それは「父権制の機械」と呼ばれることもあれば、「知的機械」、「社交の機械」[52]と呼ばれることもあるが、いずれにせよそれらはヴィクトリア朝社会という「完璧に有能で、完璧に自己満足した、非情な機械[53]」の一部である。近代文明の象徴でもある「機械」を、同時に「無意識」で「原始的な」ヴィクトリア朝社会の集団心理の比喩とするのは逆説的だが、そうした逆説こそ、ウルフがフロイトを経由して行った近代批判のアンビヴァレンスをあきらかにしている。[54]一九〇〇年頃の家族の生活を振返って、「わたしたちは未来の方を見ていたのに、完全に過去の権力の支配下にあった[55]」とウルフは書く。「わたしたち」（ヴァネッサとウルフ自身）は一九一〇年を生きていたのに、「彼ら」は一八六〇年を生きていた。「ヴィクトリア朝的な礼儀作法は、確信はもてないがおそらく、書くことには不利だと思う[56]」ともある。こうしてウルフは、一九〇〇年の時点ですでにヴィクトリア朝的、すなわち父権的な集団心理と決別する高次の意識を獲得することによって、モダニスト女性作家としてあらたな自己を形成しようとしていた。しかし一九四〇年のウルフ、「フロイト以後」のウルフは、「無意識」と「機械」の力から二〇世紀の意識がどこまで自由になれるのか、より懐疑的だったのだろう。

「過去の素描」は文字どおりの意味で、明確な終わりをもたないテクストである。『存在の瞬間』改訂版（一九八五年）に収録されたテクストは、モンクス・ハウス・ペーパーの手書き草稿の修正版である大英図書館所蔵のタイプ原稿に基づいているが、実際のタイプ原稿では手書き草稿にある最後の一段落がすべて割愛されている。編集者ジーン・シュルキントは、ウルフがこのように一段落丸ごと削除することはまずないと考えて、八五年版ではタイプ原稿の最終段落の後に手書き原稿の最終段落を挿入した。しかし実際に手書き原稿を確認すると、最後の段落にはかすかに斜線で消した跡が見られるので、ウルフはやはり、この段落は削除するつもりではなかったかと考えられる。タイプ原稿の最終段落には、スティーヴン家と親交のあったヴィクトリア朝の著名な作家や芸術家、メレディス、ヘンリー・ジェームズ、バーン＝ジョーンズらについての思い出が書かれており、末尾は次のように締めくくられている。

> 私は今でも、こうした偉大な男たち（great men）を訪問したときの恭しさを覚えている。〔……〕偉大さは、わたしにとってはいまだに肯定的な資質で、威勢がよくて、風変わりで、他とは違っていて、両親によって恭しく連れて行かれるところという気がしている。それは身体的な存在であり、言葉とは何の関係もなかった。特定の人びとに備わっているものだ。でも、今はそんなものはない。子どものとき以来、偉大さに触れたことを一度でも思いだすことはできない【57】。

過去にたいするウルフのアンビヴァレンスがこの文章からもうかがえる。「偉大な男たち」は過去に属するものであり、現在には存在しない。それは言葉ではなく「身体的な存在」である。「現在」の作家、モダニスト作家は、過去とは決別して書かねばならなかったし、この引用の最後の一文は、過去との決別を決意した宣言文と読むこともできる。実際にウルフはそうしたモダニスト作家となったのだが、過去の「偉大さ」にたいする憧れと畏怖の感情を抹消することはできなかったのだ。

作者の死によって永遠に中断されることになったこの自伝の「ほんとうの終わり」は想像するほかはないが、おそらくは、「偉大な」ヴィクトリア朝の長い影に抗って新しい自己の物語が語られるはずだったのだろう。そうした物語は同時に、家父長制の自我理想の暴力に抵抗する女性たちの集合的な自伝となるはずだったのではないか。書かれるべきだったのは、『自分ひとりの部屋』で再生を望まれている「シェークスピアの妹」の自伝だったのかもしれない。一九四〇年に書いていた作家の文法と語彙では、そうした新しいライフ・ライティングはいまだ書かれることのない不可能な物語、終わらない近代の物語にとどまるほかなかった。だが、「過去の素描」は未完に終わったからこそ、そのプロジェクトは次の世代へと継承されるべきものとして、わたしたちに手渡されたのである。

第六章　革命と日常――〈ブラック・ジャコバン〉ふたたび

一　歴史を動かす人びとは誰か

ヴァージニア・ウルフは未完の回想録の末尾に、二〇世紀には「偉大な男たち」はいなくなったと記し、その後みずから死を選んだ[1]。彼女自身が生きた歴史、ふたつの世界大戦によって区切られた世紀の歴史は、もはや偉大な男たちによってつくられた歴史ではなかったのだろうか。歴史は主体なき運動にすぎず、悲惨な戦争はたんなる歴史の必然なのであって、人間は必然によって突き動かされているだけの存在なのか。それとも、偉大な男たちの代わりに偉大ではない、ふつうの人びとが歴史を動かす主体となる時代への夢を、ウルフの遺言はわたしたちに託したのだろうか。

ふつうの人びととは誰のことか。「人びと」すなわち人間の集合性を表わす用語には、英語でも日本語でも似たような表現がいくつもある。「人びと」の英訳としてすぐに思いつくのはpeopleであるが、peopleは文脈によっては「人民」「民衆」などと訳されうる。日本語の「民衆」の英訳にはthe massesも考えられるが、the massesの訳語は通常は「大衆」のほうが適切だろう。英語、日本語いずれにおいても、これらの語はたいていの場合、権力をもたない下層階級の人びとを集合的に表わし、それぞれニュアンスに違いはあるが、しばしば互換的に使われ、意味内容もオーバーラップしている。英語のpeopleという語を「人民」と訳すときには、革命的な集合性、歴史を動かす集合的主体としてのニュアンスを強調することになるだろう。アラン・バディウが指摘するように――ドイツ語のVolkのナチスによる解釈からあきらかであるように――人民はそれ自体としてつねに肯定的、進歩的な概念であるわけではない。バディウによれば、人民が政治的主体であるのは、国家が形成される過程、植民地独立のプロセスの途上においてであり、国家が形成され国際的に認知されたあとでは、人民は受動的な国民でしかない。【2】

いずれにせよ、革命における民衆と指導者とのあいだ、民衆と知識人とのあいだの表象＝

代表作用において、権力関係が介在しないという状態は現実には実現しにくい。こうした権力関係は、日本語の民衆という語の歴史的な含蓄においては、より顕著に感じられる。『その「民衆」とは誰なのか』（二〇一三年）のなかで中谷いずみは、文学者が民衆や大衆を支配者への抵抗の起源として称揚するとき、同時にしばしばそれを純粋無垢なもの、プリミティヴなものとして本質化し、結果的には既存の権力構造を強化してしまうという点を批判的に分析している。中谷の指摘によれば、こうした文脈で称揚される民衆はしばしば、女性であり子どもである。【3】

日本語の「民衆」は、実際には、人民よりも大衆のニュアンスに近い。英語では「民衆文化」は popular culture であるとともに folk culture でもあるが、前者は後者の近代的な形態であるとされ、とくにマスメディアと結びつくときは「大衆文化」（mass culture）と同一視されたり、対比されたりする。イギリスでは一八九六年の『デイリーメール』紙の創刊が、こうしたタイプの大衆（the masses）の誕生のきっかけのひとつとして知られている。【4】大衆は二〇世紀になると映画、ラジオ、テレビの受容者、あるいは大量生産された商品の消費者として語られることが多くなる。こうした意味での大衆は群衆とは異なり、物理的に知覚できるかたちで存在する集団ではなく、テレビのスクリーンの前に坐っていると仮定される想像上の人びとである。抽象化された大衆は、受動的で権力による操作の対象とみなされがちである。二〇世紀後半のニューレフトの思想家は概して、この意味での大衆にたいしては否定的だった。レイモンド・ウィリアムズは「文化とはふつうのもの」（一九五八年）のなかで、「大衆というものはいなくて、人びとを大衆とみる見方があるだけなのだ」と指摘している。[5]『民衆芸術』（一九六四年）のスチュアート・ホールとパディ・ワネルは、民衆芸術（popular art）と大衆文化（mass culture）はどちらも近代の思想およびテクノロジーの産物であるが、民衆芸術が前近代的なfolk artを継承しているのにたいして、マスメディアが提供する大衆文化は民衆芸術の堕落した形態であると明言している。[6]その後のカルチュラル・スタディーズでは、「民衆的なもの」と「大衆的なもの」の区別は再検討され、消費文化との関係はより両義的にとらえられる傾向にある。ジョン・フィスクは『ポピュラーなものを読む』（一九八九年）のなかで、ポピュラー・カルチャーは「従属的地位にある民衆が自分自身の利益のために自分自身の資源をもちいてつくったもの」でありながら、「逆説的に、支配者側の経済的利益に資する」と述べている。[7]こうした英米の主流派のカルチュラル・スタディーズの考え方と比較するならば、本章で論じるC・L・R・ジェームズの大衆と大衆文化にかかわる思想がいかに「異端」であるかがあきらかになるだろう。

二　C・L・R・ジェームズと大衆

一九〇一年に生まれ一九八九年まで生きたジェームズは、二〇世紀をほぼ丸ごと経験しており、その思想も時代の変遷にともなって変容している。しかし、一九二〇年代トリニダードでの創作、三〇年代イギリスでのトロツキストとしての活動、四〇年代のアメリカでの政治活動、そして五〇年代以降の文化批評のあいだには、「大衆」という集合性への一貫した関心がみられる。思想家としてのジェームズは、トリニダード時代はマシュー・アーノルドに傾倒しており、五〇代から晩年にかけてはニューレフトと同時代のイギリスで活動し、ホールとは個人的な親交もあった。その意味ではイギリスの文化批評の文脈に身を置いていたといえるのだが、ケンブリッジやオクスフォードのアカデミックな知の体系からはかなり距離を置いて思考していたのも確かである。

ジェームズは生涯をつうじて「大衆」(the masses) という語をよく使用しており、その使われ方には二とおりの文脈があったが、いずれの場合もけっして否定的な意味で使われることはなかった。『ブラック・ジャコバン』(一九三八年) のなかでは、サンドマングの黒人奴隷はしばしば大衆と呼ばれている。大衆を独立に導く指導者はトゥサン・ルヴェルチュールではなくジャン゠ジャック・デサリーヌであり、啓蒙的な知識人トゥサンにたいして、デサリーヌ将軍は大衆と一体化した指導者だとされ、最後に歴史を動かす主体、すなわちハイチを独立させる主体となるのは大衆そのものであることが示唆されている。一九五〇年代以降、マスメディアとの関係で大衆を論じるようになったときでさえも、ジェームズは大衆を肯定的にとらえていた。彼自身、シェークスピアを鑑賞するのと同じようにハリウッド映画を楽しみ、かつ評価していた。ジェームズの伝記を執筆したポール・ビュールは生前のジェームズと親交があったが、ビュールの記述によれば、晩年のジェームズはベッドに横たわったまま、朝から晩までテレビを見続けていたらしい。「ジェームズはなんの血統書も持っていなかった。彼がよい本やよいブランデーなしですましている、というのではない――もし許されるなら、彼は昼間からそのブランデーを飲んだだろう――しかし彼は、研究費や賞金が左翼に与えられるようになる以前の、よりボヘミアンな時代の思想家なのである[8]」。

一九五〇年執筆の草稿『アメリカの文明』のなかで、ジェームズはダシール・ハメットの探偵小説、チャプリンの喜劇映画、コミック・ストリップなどアメリカのポピュラー・カルチャーを詳細に論じている。たとえばジェームズは、一九四四年にラジオ放送されたあるソープオペラ番組について、ドラマが単純で凡庸だとしながらも、「合州国の何百万人もの妻たちが置かれている状況を表象している」、「〔ドラマに登場する〕これらの象徴的な人物らと同じように、日々、切迫した私生活を送っている人びとが何百万人もいる」という点において評価し、「これらのドラマは、芸術がいまや大多数の人びと（the great masses of the people）の日常生活との密接なかかわりを引きうけているという事実に照らして聴かれ、吟味されるべきである」と提案している[9]。

しかし、ジェームズのポピュラー・カルチャーの定義は、かならずしも受容者の人数だけに依拠しているのではない。ニール・ラーセンはジェームズの『アメリカの文明』をフィスクのポピュラー・カルチャー論と比較し、両者の重要な違いとして、フィスクにおける「ポピュラー」の概念が量的、統計学的であるのにたいし、ジェームズがむしろ文化の形式のほうに注目している点を指摘している。フィスクや主流派のカルチュラル・スタディーズは、ハイ・カルチャー（超越的な普遍性を標榜する美学）とポピュラー・カルチャー（民衆の日常）の対立を前提としているが、ある文化作品をどちらのカテゴリーに入れるかは、経験的基準、あるいはどれだけの人数が受容するかという量的な基準に基づいている。一方ジェームズは、映画という形式そのものが、たとえばチャプリンのリトル・トランプのような単純なシンボルによって複雑な社会構造を表現できるという点において、一九世紀の小説よりもポピュラーな形式であると主張する。同時に、ポピュラーな形式であっても内容がポピュラーではないもの――たとえば、大衆をコントロールするような権力のプロパガンダ映画――も、ジェームズの理論では存在することになる。ラーセンの指摘によれば、こうしたジェームズのフォルマリズム、あるいは形式と内容の弁証法的考察は、英米のカルチュラル・スタディーズよりはむしろヴァルター・ベンヤミンの文化理論に近い[10]。

先述のとおり、ジェームズの「大衆」という語の使い方には、大きく分けて二とおりある。すなわち、『ブラック・ジャコバン』に登場する革命の主体としての「大衆」と、二〇世紀後半の文化批評に出現するマス・カルチャーの消費者としての「大衆」である。しかし、このふたつの大衆は、互いにどのような関係にあるのだろうか。両者は一見すると、互いに相いれないように思える。そのひとつの理由として、ふたつのタイプの大衆が、しばしば意識的、無意識的にジェンダー化されているという事実がある。たとえばさきに言及した『アメリカの文明』のなかの一節では、大衆はソープオペラの女性視聴者――「家事労働や育児や病人の世話に追われる女性たち[11]」――として想定されている。一方、三〇年代イギリスの労働運動の影響を受けたジェームズは、一七九一年に勃発したハイチ革命を描く際にプランテーション農場を近代的な工場としてとらえ、黒人奴隷の反乱を組織化された労働者の運動とみなしている。[12]同時に、黒人たちはしばしば「大衆」とも呼ばれており、そのジェンダーは特定されていないものの、革命の集合的主体を工場労働者と考えたとき、この主体が暗黙のうちに男性としてイメージされている可能性はある。『ブラック・ジャコバン』でのジェームズは、マルクス主義的な階級政治と人種政治のあいだの葛藤にはしばしば言及するが、ジェンダーの問題を正面から論じることはない。

しかし、初期ジェームズの「大衆」像を考えるうえでは、興味深い事実がある。彼がトリニダード時代に書いていた小説作品では、そこに描かれる「大衆」、すなわちポートオブスペインのスラムの住民たちは、男性の賃金労働者よりはむしろ、生きるために不安定な賃金労働に従事するか、男性労働者に無償の家事労働を提供する立場にある女性たちである。[13]これらの作品では革命はおろか、労働争議もデモも起こることはない。一九二九年に『トリニダード』誌に発表された短編小説「勝利」の舞台は、バラックヤードと呼ばれるスラム街であるが、小説の冒頭部分はこのバラックヤードの印象的な描写に始まる。

広場の一角には手のほどこしようもないおんぼろ水洗便所があって、目に見えずとも鼻ではしっかりわかるような代物だ。浴室と名のついた建物があったりもするが、なんとも好意的な名称である。そこで体を洗うとき、ちゃんとプライバシーを保とうとしたら、テムズ川の土手で入浴しているみたいに全身を隠さなくてはならないからだ。台所はありがたいことに問題はない。なぜならそんなものはないからで、バラックヤードの住人は戸口で料理をするのだ。庭の真ん中には石の山がある。この石の上で半分洗濯のすんだ服が漂白され、そのあと広げられて、針金に引っかけて乾かされるんだが、この針金は庭のあらゆる方向に、互いに何度も交わり合いながら張り巡らされている。[14]

バラックヤードはトイレや風呂場といった必要最低限の設備を備えた生活の場であるとともに、台所や洗濯場など、女性が家事労働を営む場として細やかに書きこまれている。バラックヤードに住む女たちは労働者階級の男にセックスと家事労働を供給することで生活を維持しており、男から頻繁に暴力を振るわれながらも、男に棄てられたならば食べていくことすら困難になる。しかし彼女らは、経済的に男に依存することを余儀なくされつつも、「あたしゃあの男と結婚して、うちにずっといるなんてまっぴらだ」[15]と言い放って精神的な独立を保ち、女どうしで協力して男を出し抜くことさえする。また、この時期のジェームズの小説は、ソーシャル・リアリズムよりはむしろゴシック・リアリズムに近い。「勝利」では男を失って困窮したマミッツを友人セレスティンがヴードゥーの儀式とともに薬草風呂に入れるという場面があり、その儀式の効果で翌朝には新しい男ポポが出現するという非現実的な展開が続く。[16] 小説家としてのジェームズとは同時代のカリブ出身作家、クロード・マッケイとジーン・リースは、都市の黒人や女性の不安定な日常、すなわち労働者階級の枠に収まらないプレカリアート大衆の日常を描くための形式を追究した作家だったが、ジェームズの小説もこのふたりにつうじるところがある。現実と魔術が交錯する大衆の日常の表現形式は、その後はジェームズと同じトリニダード出身の作家、V・S・ナイポールの初期作品にも継承されている。

ジェームズは一九四〇年代以降、女性解放運動には積極的な関心をもつようになるが、それにはふたりの重要なフェミニストとの個人的な交流が深くかかわっている。ひとりは四〇年代のアメリカ滞在中にジェームズが組織したジョンソン・フォレスト・テンデンシーでともに活動し、のちに独立したラヤ・ドゥナエフスカヤであり、もうひとりは一九五六年から二〇年間ジェームズと婚姻関係にあったセルマ・ジェームズである。両者とジェームズの関係は、どちらかが一方的に影響を与えたというのではなく、相互に影響を与えあいつつそれぞれの思想を形成してきたと考えるのが妥当である。ドゥナエフスカヤは『ローザ・ルクセンブルク』の評伝で知られるマルクス主義理論家だが、大衆運動における女性の集団の積極的な役割を強調していた。[17]ドゥナエフスカヤは一貫して、労働者階級の女性たちは団結することによって運動の担い手となり、積極的に歴史を動かす主体たりえると主張していた。ジェームズが初期小説で描いたしたたかで行動力ある女性たちは、ドゥナエフスカヤの視点が加わっていたならば、革命的な大衆に変容する可能性があったのかもしれない。C・L・Rは生涯をつうじて非常に限定的な意味でしかフェミニストではなかったが、セルマ・ジェームズの影響のもとで第二次大戦後は女性運動にも共感するようになっていた。

一九六〇年にポートオブスペインの成人教育センターで行われた連続講演（のちに『現代の政治《モダン・ポリティクス》』として刊行）のなかで、C・L・R・ジェームズは二〇世紀後半の重要な政治的課題として、「性搾取」（女性労働の搾取）と「性の戦争《セックス・ウォー》」（ジェンダー間の闘争）を挙げている。この講演のなかでジェームズは、労働者階級の女性の二重搾取を指摘し、結婚とともに就業の機会を失う中流階級女性の不満にも配慮している。彼はジェンダーの問題をある程度は労働問題として理解し、夫婦の関係を労使関係、家事労働を工場労働のアナロジーで説明している。しかし他方では、女性が自由を獲得することによって生殖と再生産の場である

「家庭」の平穏が脅かされることに危機感を抱き、身体の差異に基づく性差を主張するなど、家父長制イデオロギーから脱することのできない側面もみられる。この時期のジェームズの先進性と葛藤は、以下のような発言から端的にうかがい知ることができるだろう。

何百万人もの女性たちが、自分たちの人生は産業界で働く男たちの世話をし、未来の産業界で働くことになる子どもを産むだけでしかないと不満を抱いている。夫たちによって、まるで工場に雇われているかのように、決まりきった仕事をさせられ、精神的なプレッシャーを与えられていると主張する。個人的な生活で真に満足のできる関係性のためには、生活のあらゆる部門においても労使関係の完全な再編から始めなければならない。〔……〕法的には自由であっても、資本的関係における男性の支配と従属化は、職場および家庭における女性の支配と従属化に不可避的につながる。あらゆる資本主義国家のなかでもっとも先進的な国、アメリカ合州国においてこそ、〔男女の〕闘争はもっとも激しくなっている。ここから抜けだすにはどうすればよいか。[18]

ジェンダー間の闘争が資本主義的関係における闘争であるなら、C・L・Rにとっては自問するまでもなく、そこから抜けだす道は革命しかないはずである。しかし彼自身は、その一歩手前で当惑して、立ち尽くしていたようにみえる。[19]

三　芸術の形式としての日常

トリニダードの貧困層の女性の日常を描く小説家として、あるいはクリケット評論家として、ジェームズはつねに大衆の日常文化に関心を抱き続けた。しかしこの「日常」こそは、近代資本主義社会の成立とともに可視化され、独特の（しばしば両義的な）価値をもつものとして概念化されてきたものである。近代リアリズム小説という文学ジャンルがふつうの人びとの日常を散文によって記述する形式として一八世紀転換期に誕生したこと、リアリズム小説が資本主義の精神と深くかかわって発展してきたことは、文学史の常識として知られている。[20] 一九世紀をつうじて、小説は日常をいかにリアルに表象するかを追究してきた。一方、二〇世紀以降のいわゆる「モダニスト」たちが日常に目を向けるときは、文学的な内容として表象するだけでなく、日常の時間性、リズム、反復性そのものを実践する形式を模索しようとした。逆説的にも、日常の不定形性と一回性——反復的でありつつ、同じ日常はふたたび訪れることはない――は、日常の表象をリアリズムよりは実験的な形式へと向かわせる。[21]日常を形式によって実践したもっとも前衛的な作家のひとりはガートルード・スタインであるが、彼女は極端に無機質で反復的な文体や明確なプロットの欠如によって、日常そのものを体現する文学形式を生みだしている。

近代社会において、日常とは両義的なものである。一般的に日常は、quotidianという英語が含意するように、非生産的でつまらないもの、反復的でとりとめのないものと考えられている。[22]日常が非主体的で反復的だとされる家事労働や消費行動と結びつけられたり、生産活動よりは中流階級の余暇の問題とみなされたりしやすいのもそのためである。ルカーチは『歴史と階級意識』（一九二三年）のなかで、ブルジョワ社会における日常を「思惟を喪失した日常生活」[23]などと表現し、意識の物象化と関連させて批判的に論じている。一方、日常の理論家として知られるアンリ・ルフェーヴルは、一九四七年に初版が刊行された『日常生活批判序説』において「マルクス主義はその全体がまさに日常生活の批判的認識である」[24]と宣言しており、近代の日常を支配する「必然の王国」から本来の疎外されない生を取り戻すことこそが、マルクス主義の本来のプロジェクトであると主張している。一九四七年の時点でのルフェーヴルのヴィジョンは、前近代的な農村共同体を理想とするユートピア構想に近かったようである。つまり、ブルジョワ消費者の日常を批判しつつ、近代産業都市における人間の疎外を克服するために人間的な日常、すなわち人びとの労働と生活の全体性を回復する必要があると考えたのだ。日常が二〇世紀ヨーロッパの思想家や文学者によって、たとえ批判的であれ考察の対象となった背景には、ふたつの世界大戦という非日常的事態のなかでこそ、日常があらたな価値を担わされるようになるという事態があったからだとも推察できる。『序説』でルフェーヴルが人間の疎外の典型例として論じているのは、ナチスの強制収容所という極限的な非日常状態である。[25]

日常を実践する形式的実験はスタイン、ヴァージニア・ウルフ、ジェームズ・ジョイスといったいわゆるハイ・モダニストたちの専売特許だったわけではなく、マッケイやリースも試みている。マッケイとリースはジェームズが本格的に著作活動を始める前にすでに重要な作品を発表していたが、C・L・R・ジェームズの初期の小説はこのふたりの作品に比べれば、形式的にはさほど実験的ではない。だが、さきにニール・ラーセンの議論を経由して指摘したとおり、文化批評家としてのジェームズはあきらかに内容や表象の問題よりは形式のほうを重視していた。『境界を越えて』第十六章「芸術とは何か」でのクリケット論は、ジェームズのフォルマリストとしての側面を端的に表わしている。ジェームズによれば、クリケットは劇的構造をもつとともに、視覚芸術である。クリケットの視覚芸術としての側面を論じる際にジェームズは、美術史家バーナード・ベレンソン（一八六五－一九五九）の議論に依拠しつつ、「意味作用する形式（significant form）」という概念をもちいて説明している。意味作用する形式によって芸術作品が「より現実に近く見える」あるいは「対象がよりそれらしく見える」という意味ではなく、「見る者に向けて生命を与え、生命を高めることができる」のだという。【26】さらにジェームズは、ベレンソンがレスリングを例にして「運動（motion, movement）」の感覚を説明している長文を引用し、近代絵画における形式の美学をクリケットに結びつける根拠としている。ただしジェームズは、クリケットの場合、「観客は芸術家の干渉などなしに、運動の意味と触知できる諸価値を引き出している」と指摘し、受容者としての大衆が意味作用に直接かかわることのできる芸術である点を強調している。【27】

クリケット批評とともにハイチ革命史の叙述は、ジェームズが生涯をかけて取りくんだプロジェクトだった。彼は三〇年代から六〇年代にかけて繰りかえしハイチ革命を書きなおしたが、その過程で彼は大衆という集合的主体についての思考を深化させていくとともに、革命と日常の関係を表現する形式を模索していたようである。革命史を（一般的な意味での）歴史として書く以外に彼が選んだもうひとつの形式は、演劇だった。ギリシャ古典演劇に民主主義的文化の理念型をみていたジェームズにとっては、おそらく近代小説よりも演劇のほうが、近代を超越した理想的、ユートピア的な意味における「大衆」のための文化形式に近かったのではないかと思われる[28]。

四　『トゥサン・ルヴェルチュール』と「ブラック・ジャコバン」

ジェームズのハイチ革命史はよく知られる三八年初版の歴史書のほかに、戯曲版がある。戯曲版の最初のものは一九三六年三月ロンドンにて、ポール・ロブスン主演で上演された[29]。このときの戯曲の原型と思われる草稿（一九三四年執筆）は近年になって発見され、『トゥサン・ルヴェルチュール』という題名で刊行されている。その後一九六〇年代になって、歴史書、戯曲いずれも大幅な改稿が行われた。一九六七年にナイジェリアのイバダン大学で上演されたものと推定される戯曲のひとつは、『C・L・R・ジェームズ・リーダー』に「ブラック・ジャコバン」という題名で収録されている。『リーダー』収録の戯曲と『トゥサン・ルヴェルチュール』は大幅に異なっており、両者を比較すると、三〇年の歳月を経てジェームズの問題意識がどのように変容していったのか理解することができる[30]。

ふたつの戯曲（以下、それぞれ『リーダー』版、三四年版と呼ぶ）は、ともに一七九一年の奴隷蜂起から一八〇二年のトゥサン・ルヴェルチュールの獄死までをたどった歴史劇であり、最終場面ではトゥサンの死後、デサリーヌによるハイチ独立の達成が暗示されているという点でも同じである。ふたつのテクストのもっとも目だつ相違点は、結末で示されるハイチ独立の評価にかかわる部分である。三四年版では独立戦争が民衆の意志として無条件に肯定されているが、『リーダー』版「ブラック・ジャコバン」ではデサリーヌの皇帝就任やフランス人虐殺など、独立の悲劇的な側面への言及がある。とくに『リーダー』版の最後のパントマイムから静止画にいたるシーンでは、独立後のハイチを待ちうける苦難が、デサリーヌの両脇に現れるふたりの人物、のちにデサリーヌの地位を奪うクリストフと、フランスから独立したハイチを経済的に支配することを企てるイギリス人キャスカートによって示唆されている。[31]

三四年版、六〇年代に改変された『リーダー』版のいずれにおいても、「群衆（crowd）」と呼ばれる人びとが舞台上に物理的に登場し、物語を動かす行為主体《エージェント》としての役割を担っている。三四年版の草稿が革命指導者の固有名をタイトルにしているところから、複数形の主体（black Jacobins）をタイトルに掲げる三八年出版の歴史書や『リーダー』版の戯曲ほどには主体の集合性を強調していないようにもみえるが、三四年版でも最終場面では群衆が「一丸となって（in a solid mass）」押し寄せ、舞台を取り囲む。この群衆は「衣服と態度においても、文明化された人びと（a civilised people）である」点が強調されており、劇はデサリーヌの戦いの宣言に呼応して、この群衆が歌うハイチ革命歌とともに幕を閉じる。[32]一方『リーダー』版では、群衆はその存在感をさらに強調されるとともに、指導者との関係はより複雑に描かれている。群衆は常時舞台の上に存在し、「ほとんど何も言わないが重要な場面では強力な存在感を感じさせる」と戯曲冒頭のト書きで指示されている。[33]また、第一幕の前にプロローグとして、奴隷たちの日常を描くスキットが数編挿入されており、革命の本来の原動力が民衆にあることが暗示されている。

〈奴隷たち〉

五人のシルエット化した奴隷たちがつるはしで耕している。彼らが歌う。

アー！　アー！　ボンバ！　ヒュー！　ヒュー！

白人よ――皆殺しにしてやるぜ

お宝を奪ってやる

殺せ
ひとり残らず
カンガ・リ
農場監督が鞭を鳴らす。奴隷たちは歌うのをやめて動きを止める。暗転。ドラムは二楽句鳴り続けて止まる。【34】

ふたつの戯曲における群衆と指導者の関係の違いは、劇の最終場面で決定的になる。『リーダー』版の群衆は、最終場面でデサリーヌと一体化はしていない。デサリーヌと大衆の乖離は両者のあいだの政治的な対立ではなく、文化の違いであると示唆されている。

（部屋の外と内にいる群衆が「デサリーヌ皇帝！　ハイチのデサリーヌ！　皇帝！　ハイチ！」と叫んでいる。彼らは歌を歌いだす。デサリーヌが彼らに手を振っていると、突然、サムディ・スミスの歌が聞こえてくる。彼はゆっくりと窓から後ずさりし、乱暴に振り向く。）
デサリーヌ――頼んでおいた音楽はどこだ？（バイオリン奏者ふたり、フルート奏者、マンドリン奏者が前に出てくる。）メヌエットだ！　大きな音で演奏するんだ。キャスカートさん、わたしゃ経験豊富な軍人だっていうだけじゃない、踊れるんです。マリー・ジャンヌ、踊ろう。（デサリーヌとマリー・ジャンヌはステップを踏みはじめるが、突然、部屋の外の低い歌声がやむ。歌はざわめきにとってかわられ、やがて喧噪へと発展する。マラーが入場して知らせを囁くと、その知らせは人から人へとすばやく広がり、音楽師はメヌエットの演奏をやめる。デサリーヌは踊っている途中でよろめく。）なんだ？　続けろ。

（マラーが前に出てくる。）

マラー――皇帝、今、知らせが届きました。トゥサンが死にました。牢獄のなかで亡くなりました。【35】

群衆は「デサリーヌ皇帝」を讃えているが、彼らが歌う「サムディ・スミスの歌」をデサリーヌは嫌悪し、西洋音楽（メヌエット）を奏でるよう、音楽師に要求する。この「サムディ・スミスの歌」が三四年版の最終場面で群衆が歌う革命歌「歩兵よ、進軍せよ」と同じ歌であることは、『リーダー』版の別の場面で歌の歌詞が引用されていることからわかる。サムディ・スミスはトゥサンに鎮圧された反乱軍の頭領であり、民衆はフランスの革命歌のかわりにこの歌を歌うようになったが、クリストフとデサリーヌはこの歌をヴードゥーと結びつけ、野蛮だといって禁止しようとしている。[36]『リーダー』版では、教育を受けていないデサリーヌがマリー・ジャンヌのフランス的教養を求めサンドマングの民衆文化を棄てるという、三四年版には存在しない物語が、彼が皇帝の地位に就き、そのことによって民衆の真の代表ではなくなっていくというメイン・プロットにあらたに重ねあわされている。

西洋音楽への言及は三四年版にも見られるが、つねにフランス人植民者と結びつけられている。また、三四年版でサンドマングの民衆の音楽や文化が「ヴードゥー」と呼ばれることはない。一方、『リーダー』版では西洋音楽がデサリーヌの内面的葛藤の象徴になるとともに、実際にヴードゥーの儀式と音楽が舞台上に現れる。第一幕第二場の最後で、フランス共和国による奴隷制廃止をトゥサン、デサリーヌ、クリストフが知った直後、三人が退場したのちに群衆は「ラ・マルセイエーズ」を歌い、シュプレヒコールをあげる。舞台上に「ヴードゥーの器」をもった司祭が登場し、ドラムの音とともに儀式と踊りが始まる。デサリーヌが舞台に戻ってきて、セレスティンという召使の女性とともに踊る。「デサリーヌは彼女のほうへと緩やかに移動し、腕を伸ばしたまま完璧なターンをし、左足を高く上げ、つま先は上を向き、右のこぶしを握りしめて、手を彼女の上で振りながら、白目を見せている」[37]。この場面でのデサリーヌの身体性の強調は、最終場面でメヌエットを踊るときの身体描写の欠如とは対照的である。ヴードゥーの音楽に合わせて踊るときのデサリーヌは、近代的な革命の主体でありながら、同時に迷信や魔術を信じ、身体的で無意識に支配された存在としての大衆に溶けこんでいる。さきに引用した最終場面での群衆は、「サムディ・スミスの歌」を歌いつつデサリーヌを皇帝として崇めており――デサリーヌ自身はもはや大衆から離脱しているものの――大衆のもつ情動的な危うさはあらためて強調されている。六〇年代のジェームズは――ガーナ革命のような現実の革命運動の経験を得た後に――大衆と指導者の関係だけでなく、大衆そのものについても懐疑的になっているようにみえなくもない。

だが、こうも考えられないだろうか。さきに指摘したように、魔術や女性への注目はむしろ彼がトリニダード時代に書いていた小説の特徴でもあった。三〇年近い年月をかけてハイチ革命を繰りかえし書きなおしたジェームズは、ふたたび大衆の日常に目を向けることによって、革命を担う主体としての啓蒙化された大衆と、曖昧で不定形な日常を担う大衆とが、実は表裏一体で連続していることを見いだしたのではないか。彼は「ブラック・ジャコバン」のなかで、デサリーヌに次のように言わせている。「フランスでは芝居が書ける。だがよく聞け。ここはサンドマングだ。われわれはヴードゥーについての芝居を書くわけにはいかない！」[38]。しかしジェームズ自身は、いくたびかの書きなおしを経て、ヴードゥーについての芝居、カリブの大衆についての芝居を書く形式を発見しつつあったのだろう。

エピローグ　〈ブラック・ジャコバン〉ふたたび

「偉大な男たち」がいなくなった時代において、ふつうの人びとを歴史の主体として立ちあげるというプロジェクトは、一九七〇年代以降のセルマ・ジェームズの社会運動に受けつがれた。「家事労働に賃金を」というキャンペーンは「女のストライキ」へと継続され、八〇年代には移民、エスニック・マイノリティ、セックスワーカーなど、既存の労働組合運動や中流階級的フェミニズムからはこぼれおちる人びとを主体とする運動として展開されていった[39]。

セルマ・ジェームズが直接かかわった政治的アクションのひとつに、セックスワーカーのコレクティヴ、ECP（The English Collective of Prostitutes）が一九八二年一一月に実行したロンドンのキングズクロス地区にある教会の占拠デモがある。ジェームズ自身はスポークスウーマンとして運動の中心的役割を果たし、「神の家の売春婦たち」（一九八三年）という論考で占拠の経緯を詳しく説明している。この論考でジェームズは、セックスワークと（異性愛）結婚がともに女性の感情労働であるという共通点を指摘し、セックスワークへの蔑視の理由が、家父長制イデオロギーによって「無償の愛」とされる女性の感情労働に対価を求めることが「セックスからロマンチックな神話を奪いとる」からであると主張している。[40]

キングズクロスは八〇年代当時、売春街として知られており、マーガレット・サッチャー政権下、北イングランドで失業した女性たちがこの地域でセックスワークに従事していたことから、彼女たちは「サッチャーの娘たち（Thatcher's girls）」と呼ばれていたという。[41] 当時の英国の法律では、売春そのものは合法であっても売春斡旋およびそれにかかわるさまざまな行為が禁止されており、実質的には売春が非合法化されているも同然だった。セックスワーカーの女性たちはしばしば警察から理不尽なハラスメントを受けることがあり、ＥＣＰは警察から不当に告発された女性の法的支援運動を主導していた。教会占拠にいたった直接のきっかけは、強姦の被害女性が「売春婦」として彼女のパートナーとともに逮捕されるという事件だった。ＥＣＰは警察によるセックスワーカーの不当逮捕の禁止などの要求を掲げて、教会占拠を計画、実行に移した。教会の占拠はフランスのセックスワーカー組織（ＦＣＰ）が一九七五年に実行しており、ＥＣＰはその行動をモデルにした。場所として教会が選ばれたのは、伝統的に女性たちが集うことを許され、女性どうしの親密な関係を築いてきた場所であるからだという。[42]

占拠が始まると、レズビアン、ゲイ、エスニック・マイノリティ、平和活動家などさまざまな属性をもつ個人や組織の代表らが支援のために教会に駆けつけた（占拠者のなかには多くの黒人女性が含まれていた）。ECP側は、ウィメンズ・ピース・キャンプに参加する途中に寄ったというある女性に、次のようなメッセージを託している。「わたしたちは、女性が二度と売春婦にならなくてすむように、軍事のための予算を女性に使ってほしいのです。だからこそ、売春婦の運動は平和運動の一部なのです[43]」。このメッセージは、セックスワーカーの運動を担う「わたしたち」という集合的主体が平和運動を担う主体と融合し、より普遍的な「わたしたち」を立ちあげることを目指す、行為遂行的《パフォーマティヴ》な発話であり、ECPの運動のマニフェストそのものであるといってもよい。

カムデン区議会は要求の受けいれを約束し、占拠者はひとまず成功裡に解散した。しかしセルマ・ジェームズによれば、その後の政策論議の場からはECPは排除され、運動の成果は「キャリア主義者」たちに利用されて、セックスワーカー当事者の主体的なアクションや要求が公的記録に残されることはなかったという。「わたしたちがまさに自分たちの目の前で目撃していたのは、女性たちの闘争が歴史から隠蔽され、女性の雇用という産業に変容していくプロセスだった」[44]。女性解放運動を自己のキャリアに利用しようとする中流階級「フェミニスト」を批判するジェームズの論調は、女性のあいだの階級分断をことさら強調しているように聞こえるかもしれない。しかし、ジェームズがこの文脈で、ヴァージニア・ウルフが『三ギニー』で使った「頭脳の売春（brain prostitution）」という表現を引用している点は興味深い[45]。『三ギニー』の語り手によれば、「頭脳の売春」とは金のためのみならず、自己を宣伝するため、たとえば「勲章や称号や学位」を得るために文化を売ることである（そのようにして頭脳を売ることは身体を売ることよりもまちがっていると、ウルフの語り手は指摘している）[46]。この「売春」という比喩は――ジェームズがそれを意図していたかどうかは別として――資本主義的家父長制下で階級の異なる女性たちの経験が、実は互いに地続きのものであることをあきらかにしているともいえるだろう。

女性たちによる革命は結局、権力側に手なずけられてしまったが、彼女たちはそれでも絶望はしなかった。女性が自分の能力を女性解放運動に敵対する権力側に売り渡してしまうプロセス自体をきちんと記録しておく必要があると、論考の末尾でセルマ・ジェームズは主張している。「この歴史を手中に収めれば」――すなわちこうした失敗の歴史を記録しておくことによってこそ――「わたしたちは、女性解放運動をふたたび求めることができる。今度は、占拠運動から生まれた自信と知恵をもって」[47]。失敗の歴史を記録し積み重ねることによって、「わたしたち」は何度でも、歴史をつくりかえるために立ちあがることができる。

注

序章「フィクションは人間の歴史である」

【1】Joseph Conrad, "Henry James: An Appreciation," *Notes on Life and Letters* (J. M. Dent and Sons, 1949) 17. 研究者が参照するコンラッド全集にはこのデント版の他に、*The Cambridge Edition of the Works of Joseph Conrad* (Cambridge University Press, 1990-) がある。

【2】ウルフはコンラッドについてしばしば書評を書いており、一九一七年にデント版のコンラッド作品集が刊行された折には、『タイムズ・リテラリー・サプルメント』に『ロード・ジム』「青春」『ノストローモ』にかんする好意的な書評を寄稿している。Virginia Woolf, *The Essays of Virginia Woolf*, Vol. 2, Andrew McNeillie ed. (Harcourt Brace Jovanovich, 1987) 140-42, 158-60, 226-28.『クライテリオン』誌に掲載されたエッセイ「小説のなかの登場人物」(一九二四年、のちに『ベネット氏とブラウン夫人』として刊行)のなかでウルフは、アーノルド・ベネットやジョン・ゴールズワージーら同時代のイギリス人作家を批判する際に、「コンラッドはポーランド人だから別であって、どんなにすばらしい作家でも、あまりわたしたちの役には立たない」と述べている。Woolf, *The Essays of Virginia Woolf*, Vol. 3, Andrew McNeillie ed. (Harcourt Brace Jovanovich, 1988) 247.

【3】ジェームズは一九三二年三月に英国に到着し、ロンドンのブルームズベリー地区に滞在し、ロンドン滞在記を『ポートオブスペイン・ガゼット』誌に寄稿していた。以下を参照。C. L. R. James, *Letters from London: Seven Essays*, Nicholas Laughlin ed. (Prospect Press, 2003).

【4】Hayden White, *Metahistory: The Historical Imagination in Nineteenth-Century Europe* (The Johns Hopkins University Press, 1973) 7. ヘイドン・ホワイト『メタヒストリー——一九世紀ヨーロッパにおける歴史的想像力』岩崎稔監訳（作品社、二〇一七年）三六頁（翻訳は筆者）。近著『実用的な過去』（原著は二〇一四年刊行）においてホワイトは、歴史家が構築する「歴史的な過去」にたいして「実用的な過去（the practical past）」という概念を提唱し、フィクションの可能性を再評価することによって、コンラッドの主張に近似している。ヘイドン・ホワイト『実用的な過去』上村忠男監訳（岩波書店、二〇一七年）。

【5】柄谷行人『近代文学の終り——柄谷行人の現在』（インスクリプト、二〇〇五年）四七頁。論考「近代文学の終り」の末尾に「これは、二〇〇三年一〇月、近畿大学国際人文学研究所付属大阪カレッジで行った連続講演の記録にもとづいている」（八〇頁）とある。この論考のなかで柄谷は、一九七〇年代以降のアメリカの黒人女性作家、アジア系女性作家の活躍に言及しているが、そうした作家は「文学的活力」をもってはいるが「それはもう社会全体に影響をもつようなものではなかった」（四〇頁）と言い放っている。こうした発言から、柄谷自身が普遍性を獲得できるのは白人男性だけであるという前提を内面化していることがわかる。

【6】Michael North, *Reading 1922: A Return to the Scene of the Modern* (Oxford University Press, 1999).「反応、予断、言語的ないし非言語的ふるまい (reactions, prejudgments, verbal and other behaviour)」は Wlad Godzich, “Introduction,” Hans Robert Jauss, *Aesthetic Experience and Literary Hermeneutics*

(University of Minnesota Press, 1982) xii からの引用。ヤウスの受容理論における「期待の地平」の概念を説明したもの。

【7】Juan A. Suárez, *Pop Modernism: Noise and the Reinvention of the Everyday* (University of Illinois Press, 2007); Douglas Mao and Rebecca L. Walkowitz eds, *Bad Modernisms* (Duke University Press, 2006).

【8】Arjun Appadurai, *Modernity at Large: Cultural Dimensions of Globalization* (University of Minnesota Press, 1996).

【9】Andreas Huyssen, "Geographies of Modernism in a Globalizing World," Peter Brooker and Andrew Thacker eds, *Geographies of Modernism* (Routledge, 2005) 14-15.

【10】Susan Stanford Friedman, *Planetary Modernisms: Provocations on Modernity across Time* (Columbia University Press, 2015).

【11】Friedman 261.

【12】Charles Ferrall and Dougal McNeill, "Introduction," Ferrall and McNeill eds, *British Literature in Transition, 1920-1940: Futility and Anarchy* (Cambridge University Press, 2018) 18.

【13】Raymond Williams, *The Country and the City* (Oxford University Press, 1973) 288. 翻訳に、レイモンド・ウィリアムズ『田舎と都会』山本和平／増田秀男／小川雅魚訳（晶文社、一九八五年）がある。

【14】Virginia Woolf, *The Years* (1937; Harcourt, 1939) 311. 翻訳に、ヴァージニア・ウルフ『歳月』大澤實訳（文遊社、二〇一三年）がある。

【15】Michael North, *What Is the Present?* (Princeton University Press, 2018) 84.

【16】Friedman 215-81.

【17】Raymond Williams, “Culture is Ordinary,” John Higgins ed., *The Raymond Williams Reader* (Wiley Blackwell, 2001) 11. レイモンド・ウィリアムズ『共通文化にむけて』川端康雄／大貫隆史／河野真太郎／近藤康裕／田中裕介訳（みすず書房、二〇一三年）九頁。

【18】Williams, “Culture is Ordinary,” 11. ウィリアムズ『共通文化にむけて』九頁。

【19】カール・マルクス『マルクス・コレクションⅢ』横張誠／木前利秋／今村仁司訳（筑摩書房、二〇〇五年）四頁。

【20】C. L. R. James, *Beyond a Boundary* (1963; Yellow Jersey Press, 2005) 8. C・L・R・ジェームズ『境界を越えて』本橋哲也訳（月曜社、二〇一五年）二二頁（一部改変）。

第一章　時間、主体、物質

【1】C・L・R・ジェームズの長編小説『ミンティ通り』は一九三六年にロンドンのセッカー&ウォーバーグ社から出版されているが、草稿はトリニダードで書かれている。C. L. R. James, *Minty Alley* (Secker and Warburg, 1936). 以下を参照。Paul Buhle, *C. L. R. James: The Artist as Revolutionary* (Verso, 1988) 31. ポール・ビュール『革命の芸術家――C・L・R・ジェームズの肖像』中井亜佐子／星野真志／吉田裕訳（こぶし書房、二〇一四年）六八頁。

【2】C. L. R. James, *Beyond a Boundary* (1963, Yellow Jersey Press, 2005) 197. C・L・R・ジェームズ『境界を越えて』本橋哲也訳（月曜社、二〇一五年）二五三頁。

【3】C. L. R. James, *The Black Jacobins: Toussaint Louverture and the San Domingo Revolution* (Secker and Warburg, 1938) viii. 翻訳にC・L・R・ジェームズ『ブラック・ジャコバン——トゥサン＝ルヴェルチュールとハイチ革命』青木芳夫監訳（大村書店、二〇〇二年）がある。

【4】カール・マルクス『マルクス・コレクションⅢ』横張誠／木前利秋／今村仁司訳（筑摩書房、二〇〇五年）四頁。

【5】『マルクス・コレクションⅢ』四頁。

【6】Hayden White, *Metahistory: The Historical Imagination in Nineteenth-Century Europe* (The Johns Hopkins University Press, 1973) 303. ヘイドン・ホワイト『メタヒストリー——一九世紀ヨーロッパにおける歴史的想像力』岩崎稔監訳（作品社、二〇一七年）四七二頁（翻訳は筆者）。

【7】James, *The Black Jacobins* (1938) 314-16.

【8】『マルクス・コレクションⅢ』七頁。

【9】Frank Rosengarten, *Urbane Revolutionary: C. L. R. James and the Struggle for a New Society*. (University Press of Mississippi, 2008) 74.

【10】ヴァルター・ベンヤミン「歴史の概念について」『ベンヤミン・コレクション1——近代の意味』浅井健二郎編訳、久保哲司訳（筑摩書房、一九九五年）六五九頁。

【11】James, *Beyond a Boundary*, 202.『境界を越えて』二五九頁（一部改変）。

【12】Gabrielle McIntire, "History: The Past in Transition," Charles Ferrall and Dougal McNeill eds, *British Literature in Transition, 1920-1940: Futility and Anarchy* (Cambridge University Press, 2018) 164.

【13】Michael North, *What Is the Present?* (Princeton University Press, 2018) 30.

【14】James, *Beyond a Boundary*, 79.『境界を越えて』一〇五頁。

【15】T. S. Eliot, *Selected Prose of T. S. Eliot*, Frank Kermode ed. (Faber and Faber, 1975) 38.

【16】T. S. Eliot, "Burnt Norton," I. ll. 1-3. *Four Quartets* (Faber and Faber, 1944) 13. 翻訳はT・S・エリオット『四つの四重奏曲』森山泰夫注・訳（大修館書店、一九八〇年）を参照しつつ、筆者が訳した。

【17】T. S. Eliot, "The Dry Salvages," V. ll. 216-22. *Four Quartets*, 38. 翻訳については右に同じ。

【18】エドワード・サイードは『文化と帝国主義』（一九九三年）で『ブラック・ジャコバン』を論じる際に、「ドライ・サルヴェージズ」から同じ詩句を引用し、ジェームズの文章が詩人の構想に「人びとの歴史と同じくらいアクチュアルな社会的共同体の次元」を与えていると主張している。ハイ・モダニストの歴史感覚がカリブ出身の思想家を経由して、サイードの歴史理論の中核になる「対位法」（複数の歴史の旋律が絡まりあいながら、不協和音を奏でつつ、ひとつの音楽として「不可能な結合」を志向するという歴史感覚）へ継承されていることの、ひとつの証である。Edward W. Said, *Culture and Imperialism* (Chatto and Windus, 1993) 339-40. エドワード・サイード『文化と帝国主義2』大橋洋一訳（みすず書房、二〇〇一年）一五三頁（一部改変）。サイードのC・L・R・ジェームズ論については本書第四章も参照。

【19】戯曲「ブラック・ジャコバン」としては、これまでは『C・L・R・ジェームズ・リーダー』収録版 (C. L. R. James, "The Black Jacobins," Anna Grimshaw ed., *The C. L. R. James Reader* [Blackwell, 1992]) の他に、ニューヨーク市ショーンバーグ図書館所蔵の草稿が知られていた。『リーダー』の編

者アン・グリムショーは収録した戯曲を三六年上演版だと考えていたが、その後の研究により、六七年のナイジェリアン・シアター・カンパニーによるイバダンでの上演用に改稿されたもののひとつだと推定されている（Rosengarten 220-21）。二〇〇五年にクリスチャン・ホグズバーグが、ハル大学ブリンモア・ジョーンズ図書館所蔵のジョック・ヘーストン・ペーパーのなかに一九三四執筆の『トゥサン・ルヴェルチュール』草稿を発見した。ホグズバーグはこれを三六年上演版として編集、出版している（C. L. R. James, *Toussaint Louverture: The Story of the Only Successful Slave Revolt in History*, Christian Høgsbjerg [Duke University Press, 2013]）。三六年上演版の発見を受けて、二〇一九年にはジェームズの三〇余年にわたる〈ブラック・ジャコバン〉プロジェクトの全容を解明しようとした研究書が出版されている。Rachel Douglas, *Making* The Black Jacobins: *C. L. R. James and the Drama of History* (Duke University Press, 2019).

【20】『マルクス・コレクションⅢ』二二四頁。

【21】『マルクス・コレクションⅢ』二二五－二二六頁。「サバルタンは語ることができるか」（一九八八年）でガヤトリ・スピヴァクもまた、『ブリュメール一八日』のこの箇所を解釈している。ドイツ語のvertreten（代表する）とdarstellen（表象する）はフランス語（représenter）、英語（to represent）では区別なく混同されることを指摘したうえで、マルクスのこの一節は、記述的（経済的）階級と変革的（政治的）階級のあいだの関係をあきらかにするものであると述べている。Gayatri Chakravorty Spivak, "Can the Subaltern Speak?" Cary Nelson and Lawrence Grossberg eds, *Marxism and the Interpretation of Culture* (University of Illinois Press, 1988) 275-80. G・C・スピヴァク『サバルタンは

語ることができるか』上村忠男訳（みすず書房、一九九八年）一五－二四頁。

【22】Edward W. Said, *Orientalism* (1978; Penguin, 1985) 21. エドワード・W・サイード『オリエンタリズム』板垣雄三監修／杉田英明／今沢紀子訳（平凡社、一九八六年）二一頁（一部改変）。

【23】Said, *Orientalism*, 21. サイード『オリエンタリズム』二一頁（一部改変）。

【24】Said, *Orientalism*, 23. サイード『オリエンタリズム』二三頁（一部改変）。

【25】Edward W. Said, *The World, the Text, and the Critic* (Harvard University Press, 1983) 245. エドワード・W・サイード『世界・テキスト・批評家』山形和美訳（法政大学出版局、一九九五年）三九七、三九九頁（一部改変）。サイードのフーコー受容については、中井亜佐子「旅する理論――エドワード・サイードはフーコーをどう読んだか」『思想』（二〇一九年九月）一〇九－一二四頁参照。

【26】Robert J. C Young, *White Mythologies: Writing History and the West* (Routledge, 1990) 135.

【27】Edward W. Said, *Representations of the Intellectual* (1994; Vintage, 1996) xvi, 11. エドワード・W・サイード『知識人とは何か』大橋洋一訳（平凡社、一九九八年）二〇、三七頁（一部改変）。

【28】James, *Beyond a Boundary*, 259.『境界を越えて』三三八頁（一部改変）。

【29】以下を参照。Tim Brennan, "Places of Mind, Occupied Lands: Edward Said and Philology," Michael Sprinker ed. *Edward Said: A Critical Reader* (Blackwell, 1992) 74-95; A. Abdirahman Hussein ed., *Edward Said: Criticism and Society* (Verso, 2002); Bashir Abu-Manneh ed., *After Said: Postcolonial Literary Studies in the Twenty-First Century*. (Cambridge University Press, 2019).

【30】Edward W. Said, *Beginnings: Intention and Method* (1975; Columbia University Press. 1985) xi. 翻訳に、

エドワード・W・サイード『始まりの現象——意図と方法』山形和美/小林昌夫訳（法政大学出版会、一九九二年）がある。

【31】Said, *Beginnings*, 5.

【32】Said, *Beginnings*, 6.

【33】Said, *Beginnings*, 12.

【34】Said, *Beginnings*, 12.

【35】Said, *Beginnings*, 13.

【36】Said, *Beginnings*, 83.

【37】Said, *Beginnings*, 16-17, 23.

【38】Said, *Beginnings*, 84.

【39】Said, *Beginnings*, 89.

【40】Said, *Beginnings*, 84.

【41】Said, *Beginnings*, 137.

【42】Said, *Beginnings*, 287. サイードが『始まり』で言及しているフーコーの著作のうちの主なものは『狂気の歴史』、『言葉と物』、『知の考古学』である。

【43】Joseph Conrad, *Youth, Heart of Darkness, The End of the Tether* (J. M. Dent and Sons, 1946) 113-14; Said, *Beginnings*, 287-88. 翻訳にコンラッド『闇の奥』中野好夫訳（岩波書店、一九五八年）などがある。

【44】Said, *Beginnings*, 288.

【45】Said, *Beginnings*, xi.

【46】『地獄の黙示録』における作者性の問いについては、以下を参照。中井亜佐子「複製技術時代の〈作者の声〉――ジョウゼフ・コンラッドの『闇の奥』からフランシス・コッポラ監督の『地獄の黙示録』へ」、松本朗／岩田美喜／木下誠／秦邦生編『イギリス文学と映画』（三修社、二〇一九年）一九〇－二〇五頁。

【47】C. L. R. James, *The Black Jacobins* (1938) viii.

【48】セルマ・ジェームズはロサンゼルスの工場で働いていたときにC・L・Rに出会い、二二歳のときに彼の勧めで「女性の場所」（一九五二年）という論考をジョンソン・フォレスト・テンデンシーのパンフレットとして出版している。一九五六年にC・L・Rと結婚し、ふたりの婚姻関係は七〇年代半ばごろまで続いた。セルマ・ジェームズにかんする伝記的情報およびC・L・Rとの関係については、以下に詳しい。Frank Rosengarten. *Urbane Revolutionary: C. L. R. James and the Struggle for a New Society*. (University Press of Mississippi, 2008) 89-94.

【49】Mariarosa Dalla Costa and Selma James, *The Power of Women and the Subversion of the Community* (Falling Wall Press, 1972).

【50】Nina Lopez, "The Perspective of Caring: Why Mothers and All Carers Should Get a Living Wage for their Caring Work." Global Women's Strike, Crossroads Women's Centre.

【51】Virginia Woolf, *A Room of One's Own/ Three Guineas* (Oxford University Press, 1992) 4. ヴァージニア・ウルフ『自分ひとりの部屋』片山亜紀訳（平凡社、二〇一五年）一〇頁。

【52】Woolf, *A Room of One's Own/ Three Guineas*, 316. ヴァージニア・ウルフ『三ギニー――戦争を阻止するために』片山亜紀訳（平凡社、二〇一七年）二〇一頁（一部改変）。

【53】Eleanor F. Rathbone, *The Disinherited Family: A Plea for the Endowment of the Family* (Edward Arnold and Co., 1924).

【54】たとえば、「グローバル・キッチン」（一九八五年）という論考のなかでは、女性が感情労働を強いられる状況を「どんな経済学の教科書よりも小説において」描かれている例としてウルフの『灯台へ』を挙げ、ラムゼイ氏がラムゼイ夫人に同情を求めることによって彼自身の自我を安定させようとしている場面を引用している。Selma James, *Sex, Race, and Class/ The Perspective of Winning: A Selection of Writings, 1952-2011* (PM Press, 2012) 167.

【55】Woolf, *A Room of One's Own/ Three Guineas*, 167-68. ウルフ『三ギニー』二六頁。

【56】セルマ・ジェームズは一九七二年発表の論考（「女性、組合、仕事、あるいはなすべきではないこと」）のなかで、女性は「感謝しているアウトサイダー」であるから非常に勤勉であるうえに「男性の同資格者ほどコストがかからない」と明言するファイナンシャル・タイムズの記事を引用している。James, *Sex, Race, and Class*, 62.

【57】Maria Mies, *Patriarchy and Accumulation on a World Scale* (Zed Books, 1986) 74-111. マリア・ミース『国際分業と女性――進行する主婦化』奥田暁子訳（日本経済評論社、一九九七年）一六九－二一八頁。ミースはドイツ出身の社会学者。一九八〇年代は、欧米の文学・文化研究で「第三世界」が注目されるとともに、「西洋フェミニズム」批判が展開された時期でもある。チャンドラ・モハンティ

は一九八四年に「西洋人の眼のもとに」という論考を発表し、欧米のフェミニスト研究者による第三世界女性表象が、グローバル化した経済・政治の枠組みやローカル的な文脈を考慮せず、経済先進国に居住する中流階級女性の状況をモデルとした抽象的な「女性の抑圧」論に陥っているとして、厳しく批判した。しかしモハンティの議論は、経済先進国の知識人が第三世界の問題にかかわることを一律に拒絶する、いわゆる「アイデンティティ・ポリティクス」なのではない。「西洋人の眼で」のなかで彼女はミースの研究を例に挙げ、ミースがグローバル市場の搾取システム、ローカルなジェンダー役割分業、女性が「労働者」として働くことを阻む「主婦」イデオロギーなど、女性たちを取り巻く複雑な権力ネットワークを緻密に分析している点を高く評価している。

【58】Selma James. *The Ladies and the Mammies: Jane Austen and Jean Rhys* (Falling Wall Press, 1983) 40-41. 『マンスフィールド・パーク』におけるアンティグアの問題については、のちにサイードも『文化と帝国主義』のなかで指摘している。Said, *Culture and Imperialism*, (Chatto and Windus, 1993), 95-116. エドワード・W・サイード『文化と帝国主義1』大橋洋一訳（みすず書房、一九九八年）一六一－一八九頁。

【59】James. *The Ladies and the Mammies*, 73.

【60】Woolf, *A Room of One's Own/ Three Guineas*, 313.

第二章　大衆社会の到来

【1】Joseph Conrad, *The Nigger of the "Narcissus," Typhoon, Amy Forster, Falk, To-Morrow* (J. M. Dent and

Sons, 1950) viii.

【2】Edward W. Said, *The World, The Text, and the Critic* (Harvard University Press, 1983) 23. エドワード・W・サイード『世界・テキスト・批評家』山形和美訳（法政大学出版局、一九九五年）三七頁（翻訳は筆者）。

【3】Ian Watt, *Conrad in the Nineteenth Century* (University of California Press, 1979) 110.

【4】Said, *Culture and Imperialism*, (Chatto and Windus, 1993) 32. エドワード・W・サイード『文化と帝国主義1』大橋洋一訳（みすず書房、一九九八年）七四頁（翻訳は文脈により大幅に改変）。

【5】Said, *The World, The Text, and the Critic*, 4.

【6】Said, *The World, The Text, and the Critic*, 3.

【7】Conrad, *The Nigger of the "Narcissus*, viii.

【8】Chinua Achebe "An Image of Africa," *Massachusetts Review* 18 (1977) 782-94; Fredric Jameson, *The Political Unconscious: Narrative as a Socially Symbolic Act* (Cornell University Press, 1981) 206-80.

【9】James Clifford, "On Ethnographic Self-Fashioning: Conrad and Malinowski," Thomas C. Heller et al eds. *Reconstructing Individualism: Autonomy, Individuality, and the Self in Western Thought* (Stanford University Press, 1986) 140.

【10】エンゲルス『イギリスにおける労働者階級の状態』浜林正夫訳（新日本出版社、二〇〇〇年）五一－五二頁。

【11】John Carey, *The Intellectuals and the Masses: Pride and Prejudice among the Literary Intelligentsia, 1880-*

1939 (Faber and Faber, 1992) 7-8.

【12】F. R. Leavis and Denys Thompson, *Culture and Environment: The Training of Critical Awareness* (Chatto and Windus, 1933) 3; quoted by Carey 7.

【13】ヴァルター・ベンヤミン「複製技術時代の芸術作品」『ベンヤミン・コレクション1――近代の意味』浅井健二郎編訳／久保哲司訳（筑摩書房、一九九五年）五八五－六四〇頁。

【14】Conrad, *The Nigger of the "Narcissus*, x.

【15】Lewis Jacobs, *The Rise of the American Film: A Critical History* (Harcourt, Brace and Company, 1939) 119.

【16】グリフィスの映画と演劇にかんする発言については、Robert Grau, *The Theatre of Science: A Volume of Progress and Achievement in the Motion Picture Industry* (Benjamin Blom, 1914) 84-87を参照。『映画とモダニズム』（二〇〇七年）でデイヴィッド・トロッターは、グリフィスは小説が世界を再構成するシステム全般を学ぼうとしたと論じている。David Trotter, *Cinema and Modernism* (Blackwell, 2007) 51を参照。映画と近代小説の関係については、Timothy Corrigan, ed., *Film and Literature: An Introduction and Reader*, 2nd Edition (Routledge, 2012) 12-16も参照。

【17】以下を参照。André Gaudreault, *Film and Attraction: From Kinematography to Cinema*, Timothy Barnard trans. (University of Illinois Press, 2011).

【18】Jacobs, *The Rise of the American Film*, 103.

【19】コンラッドは実際に映画に関心をもっており、自身の小説の映画化を手がけた最初の小説家のひと

りである。また、「ギャスパー・ルイス」をベースにしたサイレント映画の脚本を書いている。詳細については、以下を参照。Gene M. Moore, "Conrad's 'Film Play' *Gaspar the Strong Man*," Moore ed., *Conrad on Film* (Cambridge University Press, 1997) 31-47.

【20】Joseph Conrad, *The Nigger of the "Narcissus": A Tale of the Forecastle* (London: William Heinemann, 1897); Conrad, *The Children of the Sea: A Tale of the Forecastle* (New York: Dodd, Mead and Company, 1897). ニューヨーク版では nigger という語への拒否感からか、タイトルが変更されている。当時のイギリスでもこの語は差別的であったと考えられるが、コンラッドはそのニュアンスを理解していなかった可能性もある。

【21】『ナーシサス号』が最初に連載された『ニュー・レヴュー』誌では、連載最終回に簡略版が「あとがき」として掲載された。Joseph Conrad, "The Nigger of the Narcissus: A Tale of the Forecastle," *The New Review*, No.99-103 (Aug – Dec 1897) 125-150, 241-264, 361-381, 486-510, 605-631.「序文」の完全版は、一九〇二年に単独で小冊子として小部数出版されている。「序文」の出版経緯の詳細については、以下を参照。David R. Smith, ed., *Conrad's Manifesto, Preface to a Career: The History of the Preface to* "The Nigger of the "Narcissus" *with Facsimiles of the Manuscripts Edited with an Essay with David R. Smith* (Rosenbach Foundation, 1966).

【22】Orson Welles and Peter Bogdanovich, *This Is Orson Welles*, ed. Jonathan Rosenbaum, (Harper Collins, 1993) 32.

【23】Welles and Peter Bogdanovich, 32, 355-56. ウェルズの脚本はフィオナ・バナーによって映画化され、

二〇一一年三月三一日にロンドンのサウスバンク・センターで上映されている。

【24】Said, *The World, The Text, and the Critic*, 109.『世界・テキスト・批評家』一八三頁（翻訳は筆者）。

【25】Justus Nieland, *Feeling Modern: The Eccentricities of Public Life* (University of Illinois Press, 2008) 3-4.

【26】ベンヤミン「複製技術時代の芸術作品」六二一頁。

【27】Conrad, *The Nigger of the "Narcissus,"* xi.

【28】ベンヤミン「複製技術時代の芸術作品」六一四頁。

【29】Conrad, *The Nigger of the "Narcissus,"* x.

【30】Joseph Conrad, *Youth, Heart of Darkness, The End of the Tether* (J. M. Dent and Sons, 1947) 127.

【31】Conrad, *Youth, Heart of Darkness, The End of the Tether*, 118.

【32】Conrad, *Youth, Heart of Darkness, The End of the Tether*, 122.

【33】Auguste and Louis Lumière, *L'Arrivée d'un train en gare de La Ciotat* (1895); Louis Lumière, *La Sortie de l'usine Lumière á Lyon* (1895).

【34】Conrad, *The Nigger of the "Narcissus,"* 24.

【35】Conrad, *The Nigger of the "Narcissus,"* 25.

【36】Conrad, *The Nigger of the "Narcissus,"* 130.

【37】Conrad, *The Nigger of the "Narcissus,"* 172.

【38】Conrad, *The Nigger of the "Narcissus,"* 169.

【39】Conrad, *The Nigger of the "Narcissus,"* 6.

【40】Conrad, *The Nigger of the "Narcissus,"* 7.

【41】Virginia Woolf, *The Essays of Virginia Woolf* Vol. 4, Andrew McNeillie ed. (Harcourt, 1994) 348. コンラッド同様、ウルフの言葉遣いは現代の観点からすると人種差別的である。このエッセイの前半ではウルフは大衆メディアとしての映画に批判的であるが、後半では『カリガリ博士』（ロベルト・ヴィーネ監督、一九二〇年）を論じ、映像独自の芸術的可能性に期待を寄せている。

【42】Woolf, *The Essays* Vol. 4, 350.

【43】Conrad, *The Nigger of the "Narcissus,"* 89.

【44】Conrad, *The Nigger of the "Narcissus,"* 31.

【45】Conrad, *The Nigger of the "Narcissus,"* 60.

【46】Conrad, *The Nigger of the "Narcissus,"* 43.

【47】Conrad, *The Nigger of the "Narcissus,"* 44.

【48】Conrad, *The Nigger of the "Narcissus,"* 130.

【49】Conrad, *The Nigger of the "Narcissus,"* 140.

【50】コンラッドの作品における人称にかんする詳細な議論については、以下を参照。Bruce Henricksen, *Nomadic Voices: Conrad and the Subject of Narrative* (University of Illinois Press, 1992); Asako Nakai, *The English Book and Its Marginalia: Colonial/Postcolonial Literatures after Heart of Darkness* (Rodopi, 2000) 34-43.

【51】引用部分の第二文にある「この忌々しい黒ん坊（this obnoxious nigger）」のような主観的な表現は、

すでに一人称性を帯びていると考えることもできる。

【52】Conrad, *The Nigger of the "Narcissus,"* 36.

【53】Conrad, *The Nigger of the "Narcissus,"* 72.

【54】Watt, *Conrad in the Nineteenth Century*, 109.

【55】Conrad, *The Nigger of the "Narcissus,"* 100.

【56】Conrad, *The Nigger of the "Narcissus,"* 135, 136.

【57】Watt, *Conrad in the Nineteenth Century*, 115. ギュスターヴ・ル・ボン『群衆心理』、桜井成夫訳（講談社、一九九三年）四二頁。英語文学における群衆表象にかんする詳細な議論については、以下を参照。吉田裕「痕跡と抵抗――ジョウゼフ・コンラッド『ノストローモ』における群衆」、秦邦生他編『〈終わり〉への遡行――ポストコロニアリズムの歴史と使命』（英宝社、二〇一二年）七二－九六頁。Yutaka Yoshida, "Colonialism, Gender, and Representation of the Masses: Joseph Conrad, C. L. R. James, Richard Wright, George Lamming, and Ngugi wa Thiong'o," Ph.D. Dissertation, Hitotsubashi University, 2012.

【58】Conrad, *The Nigger of the "Narcissus,"* 173.

【59】カール・マルクス『マルクス・コレクションⅢ』横張誠／木前利秋／今村仁司訳（筑摩書房、二〇〇五年）二二四頁。

【60】Edward W. Said, *Representations of the Intellectual* (1994: Vintage, 1996) 11. エドワード・W・サイード『知識人とは何か』大橋洋一訳（平凡社、一九九八年）三七頁（一部改変）。

【61】Said, *Representations of the Intellectual*, xvi. サイード『知識人とは何か』二〇頁（一部改変）。

【62】Said, *The World, The Text, and the Critic*, 24.『世界・テキスト・批評家』三八頁（翻訳は筆者）。

第三章　歴史、人生、テクスト

【1】Conrad, "Henry James," *Notes on Life and Letters* (J. M. Dent and Sons, 1949) 17.

【2】コンラッドの伝記的事実にかんしては、以下を参照。Zdzisław Najder, *Joseph Conrad: A Chronicle*. Halina Carroll-Najder trans. (Cambridge University Press, 1983). 二〇〇七年に改訂版が刊行されている(Cambridge House)。

【3】一九〇〇年－一九〇四年ごろのコンラッドの執筆困難な状況については、Najder, *Joseph Conrad*, 267-303. を参照。『始まり』のなかでサイードも、『ノストローモ』執筆中のコンラッドの苦境を書簡を引用しつつ描いている。Edward W. Said, *Beginnings: Intention and Method* (1975; Columbia University Press. 1985) 102-03.

【4】一九一四年八月一日付のジョン・ゴールズワージーに充てた書簡のなかで、コンラッドはイギリスに帰国できない窮状を訴えている。Frederick R. Karl and Laurence Davies eds, *The Collected Letters of Joseph Conrad*. Vol. 5 (Cambridge University Press, 1996) 408-09.

【5】Edward W. Said, *On Late Style: Music and Literature Against the Grain* (Pantheon, 2006) 3. エドワード・W・サイード『晩年のスタイル』大橋洋一訳（岩波書店、二〇〇七年）二三頁（翻訳は筆者）。

【6】Said, *On Late Style*, 3.『晩年のスタイル』二三頁（翻訳は筆者）。大橋洋一は lateness に「遅延性」と

いう訳を併記しているが、のちに議論するdelayと区別するため、ここでは「晩年性」とだけ訳している。

【7】Said, *On Late Style*, 13.『晩年のスタイル』三六－三七頁。

【8】Said, *On Late Style*, 14.『晩年のスタイル』三八頁（翻訳は筆者）。

【9】Thomas C. Moser, *Joseph Conrad: Achievement and Decline* (Harvard University Press, 1957).

【10】コンラッドの晩年期の作品の再評価を行った近年の研究としては、以下を参照。Kaoru Yamamoto, *Rethinking Joseph Conrad's Concepts of Community: Strange Fraternity* (Bloomsbury USA Academic, 2017).

【11】Frederick R. Karl and Laurence Davies eds, *The Collected Letters of Joseph Conrad*. Vol. 4 (Cambridge University Press, 1991) 441. コンラッドは『イングリッシュ・レヴュー』の共編者であり、ハイブラウで非商業主義的な雑誌のポリシーに貢献していた。『イングリッシュ・レヴュー』については、以下を参照。Douglas Goldring, *South Lodge: Reminiscences of Violet Hunt, Ford Madox Ford and the English Review Circle* (Constable, 1943).

【12】Edward W. Said, *Joseph Conrad and the Fiction of Autobiography* (Harvard University Press, 1966).

【13】サイードの自伝的文章についての考察は、以下を参照。中井亜佐子『他者の自伝――ポストコロニアル文学を読む』（研究社、二〇〇七年）一八八－二四一頁。

【14】Joseph Conrad, *A Personal Record* (J. M. Dent and Sons, 1946) xx.

【15】Conrad, *A Personal Record*, 90.

【16】Conrad, *A Personal Record*, 94.
【17】Conrad, *A Personal Record*, 95.
【18】Conrad, *A Personal Record*, 102.
【19】Conrad, *A Personal Record*, 99-100.
【20】Conrad, *A Personal Record*, 3.
【21】Edward W. Said, *Beginnings: Intention and Method* (1975; Columbia University Press. 1985) 5. 強調省略。
【22】Conrad, *A Personal Record*, 13.
【23】Joseph Conrad, *Youth, Heart of Darkness, The End of the Tether* (J. M. Dent and Sons, 1947) 52.
【24】Conrad, *A Personal Record*, 13. 強調原著。
【25】Conrad, *A Personal Record*, 56.
【26】Christopher GoGwilt, *The Invention of the West: Joseph Conrad and the Double-Mapping of Europe and Empire* (Stanford University Press, 1995) 111.
【27】Avron Fleishman, *Conrad's Politics: Community and Anarchy in the Fiction of Joseph Conrad*. (The Johns Hopkins Press, 1967) 4-5.
【28】Conrad, *A Personal Record*, 19.
【29】Conrad, *A Personal Record*, 62.
【30】Conrad, *A Personal Record*, 38.
【31】Conrad, *A Personal Record*, vi-vii.

【32】Conrad, "Autocracy and War," *Notes on Life and Letters* (J. M. Dent and Sons, 1949) 100.
【33】Conrad, *A Personal Record*, 137-38.
【34】Najder, *Joseph Conrad*, 349.
【35】Karl and Davies eds, *The Collected Letters of Joseph Conrad* Vol.4, 308.
【36】Karl and Davies eds, *The Collected Letters of Joseph Conrad* Vol. 4, 263. これとよく似たことが、『海の鏡』のエンディングでも起こっている。単行本に収録するためにエッセイの順序を並びかえた際、コンラッドは最終章に「英雄時代」を選んだが、そうすることによって本の結論がイギリスの「国民精神（national spirit）」の賛美で終わることになるからだった。Joseph Conrad, *The Mirror of the Sea* (J. M. Dent, 1946) 194.
【37】Conrad, *A Personal Record*, 39. ここでは男たちは「英国人（British mankind）」と呼ばれているが、別の個所では「イギリス人技師（English engineers）」とも言われている。
【38】Najder, *Joseph Conrad*, 341.
【39】Conrad, *A Personal Record*, 122. 英語にたいするコンラッドの不安については、以下も参照。Allan H. Simmons, "The Art of Englishness: Identity and Representation in Conrad's Early Career," *The Conradian* (2004): 8-10.
【40】Conrad, *A Personal Record*, 119.
【41】Conrad, *A Personal Record*, 122.
【42】Conrad, *A Personal Record*, v.

【43】Hugh Clifford, "The Genius of Mr. Joseph Conrad," *North American Review* (June 1904).
【44】Conrad, *A Personal Record*, 40.
【45】Conrad, *A Personal Record*, 40.
【46】Conrad, *A Personal Record*, 41.
【47】Conrad, *A Personal Record*, 71.
【48】Conrad, *A Personal Record*, 71.
【49】Conrad, *A Personal Record*, 71.
【50】Conrad, *A Personal Record*, 71.
【51】Conrad, *A Personal Record*, 71-72.
【52】Conrad, *A Personal Record*, 71.
【53】Said, *Joseph Conrad and the Fiction of Autobiography*, 4.
【54】T・S・エリオット『荒地・ゲロンチョン』福田陸太郎／森山泰夫注・訳（大修館書店、一九八二年）一四七頁。
【55】T. S. Eliot, "Gerontion," ll.1-6, *Selected Poems* (Faber and Faber 1954) 31.
【56】Said, *On Late Style*, 135.『晩年のスタイル』二一八頁（翻訳は筆者）。
【57】Said, *On Late Style*, 136.『晩年のスタイル』二一九頁（翻訳は筆者）。
【58】T. S. Eliot, *Selected Prose of T. S. Eliot,* Frank Kermode ed. (Faber and Faber 1975) 38.
【59】Eliot, "Gerontion," l. 34, *Selected Poems*, 32. エリオット『荒地・ゲロンチョン』一四八頁（一部改変）。

【60】Randall Stevenson, *Literature and the Great War 1914-1918*, (Oxford University Press, 2013) 69-72.

【61】コンラッドからアイリス・ウェッジウッドへの書簡（一九一五年一月二八日付）。Karl and Davies eds, *The Collected Letters of Joseph Conrad* Vol. 5, 439.

【62】当時の書簡のなかでコンラッドは、ロシア革命勃発には「ロシア革命に喜んだとは言えない」「ロシアの運命にはちっとも関心がない」と書き（一九一七年三月一七日付）、一九一八年一〇月七日にポーランド独立が決まったことを知ったときでさえ「それが何を意味するのかわからない」と書いている。また、アイルランド問題については「正しいかどうか判断できない」と述べている（一九一八年一〇月一六日付）。Frederick Karl and Laurence Davies eds, *The Collected Letters of Joseph Conrad* Vol. 6 (Cambridge University Press, 2002) 46, 280, 284.

【63】Joseph Conrad, *The Shadow-Line: A Confession* (J. M. Dent and Sons, 1950) 3. 翻訳に、ジョウゼフ・コンラッド『シャドウ・ライン、秘密の共有者』田中勝彦訳（八月舎、二〇〇五年）がある。

【64】Conrad, *The Shadow-Line*, 131.

【65】Conrad, *The Shadow-Line*, 55.

【66】Ian Watt, *Conrad in the Nineteenth Century*, (University of California Press, 1979), 175.

【67】Conrad, *Youth, Heart of Darkness, The End of the Tether*, 22-23; Watt, *Conrad in the Nineteenth Century*, 176.

【68】Watt, *Conrad in the Nineteenth Century*, 177.

【69】Conrad, *The Shadow-Line*, 66.

【70】Conrad, *The Shadow-Line*, 88-89.

【71】Conrad, *The Shadow-Line*, 89.

【72】Conrad, *The Shadow-Line*, 115.

【73】Conrad, *The Shadow-Line*, 4.

【74】Conrad, *The Shadow-Line*, 133.

【75】Joseph Conrad, *Tales of Hearsay and Last Essays* (J. M. Dent and Sons, 1955), 60.

【76】Conrad, *Tales of Hearsay and Last Essays*, 65.〈北欧人〉が飲酒していたとあるため、この物体は彼が捨てた酒樽である可能性はある。

【77】Conrad, *Tales of Hearsay and Last Essays*, 66.

【78】第一次世界大戦直後、ヴァルター・ベンヤミンは『ドイツ悲劇の根源』のなかで、バロック悲劇のアレゴリー性を近代的な象徴主義にたいして擁護し、アレゴリーを形象に充満する意味の究極的な無根拠性、意味作用の死をみずから露わにする形式として捉えなおした。大戦期のコンラッドは、第一次大戦の経験が生んだ歴史叙述の思想のきわめて先駆的な実践だったといえるだろう。

第四章　賃金なき者たちの連帯

【1】C. L. R. James, *The Case for West-Indian Self-Government* (Hogarth Press, 1933).

【2】Laura Winkiel, *Modernism, Race and Manifestos* (Cambridge University Press, 2008).

【3】C. L. R. James, *World Revolution 1917-1936: The Rise and Fall of the Communist International* (Pioneer

Publishers, 1937) 32. 上記書の日本語訳は『世界革命一九一七－一九三六――コミンテルンの台頭と没落』対馬忠行／塚本圭訳（風媒社、一九七一年）として刊行されており、ジェームズの著作のなかでももっとも早く日本に紹介されたものである。

【4】C. L. R. James, *The Black Jacobins: Toussaint Louverture and the San Domingo Revolution* (Secker and Warburg, 1938) 66.

【5】James, *The Black Jacobins* (1938), 95, 111-12, 177.

【6】James, *The Black Jacobins* (1938), 263.

【7】T. S. Eliot, "The Dry Salvages," V. l. 216. *Four Quartets*, 38.

【8】C. L. R. James, *The Black Jacobins: Toussaint L'Ouverture and the San Domingo Revolution* (Vintage, 1963) 401.

【9】Edward W. Said, *Culture and Imperialism* (Chatto and Windus, 1993) 339-40. エドワード・W・サイード『文化と帝国主義2』大橋洋一訳（みすず書房、二〇〇一年）一五三頁（一部改変）。

【10】Susan Buck-Morss, *Hegel, Haiti, and Universal History* (University of Pittsburgh Press, 2009) 151. スーザン・バック゠モース『ヘーゲルとハイチ――普遍史の可能性にむけて』岩崎稔／高橋明史訳（法政大学出版局、二〇一七年）一四三頁。

【11】Virginia Woolf, *A Room of One's Own/ Three Guineas* (Oxford University Press, 1992) 165. ヴァージニア・ウルフ『三ギニー――戦争を阻止するために』片山亜紀訳（平凡社、二〇一七年）二三頁（一部改変）。傍点筆者。

【12】Woolf, *A Room of One's Own/ Three Guineas*, 167. ウルフ『三ギニー』二六頁。

【13】Woolf, *A Room of One's Own/ Three Guineas*, 303. ウルフ『三ギニー』一八六頁（一部改変）。

【14】Woolf, *A Room of One's Own/ Three Guineas*, 304-05. ウルフ『三ギニー』一八八－一八九頁（一部改変）。

【15】Martin Puchner, *Poetry of the Revolution: Marx, Manifestos, and the Avant-Gardes* (Princeton University Press, 2006) 23.

【16】Puchner, *Poetry of the Revolution*, 28-29.

【17】Woolf, *A Room of One's Own/ Three Guineas*, 5. ヴァージニア・ウルフ『自分ひとりの部屋』片山亜紀訳（平凡社、二〇一五年）一二頁。

【18】カール・マルクス『マルクス・コレクションⅢ』横張誠／木前利秋／今村仁司訳（筑摩書房、二〇〇五年）三頁。

【19】James, *The Black Jacobins* (1938) 239.

【20】デイヴィッド・スコットはこの六三年版に追加された部分を重視し、初版はロマンスのプロットに基づいて書かれており、悲劇のプロットは六三年に改訂された際に追加されたと主張している。David Scot, *Conscripts of Modernity: The Tragedy of Colonial Enlightenment* (Duke University Press, 2004).

【21】James, *The Black Jacobins* (1963) 289.

【22】James, *The Black Jacobins* (1963) 291.

【23】James, *The Black Jacobins* (1938) 163.

【24】James, *The Black Jacobins* (1938) 126.

【25】James, *The Black Jacobins* (1938) 288.

【26】James, *The Black Jacobins* (1938) viii.

【27】James, *The Black Jacobins* (1938) 32. マルクス『マルクス・コレクションⅢ』三八－三九頁（一部改変）。

【28】James, *The Black Jacobins* (1938) 237.

【29】マルクス『マルクス・コレクションⅢ』一二六頁。

【30】Ray Strachey, *The Cause* (1928; Virago Press, 1978) 386.　翻訳に、レイ・ストレイチー『イギリス女性運動史――一七九二－一九二八』栗栖美知子／出淵敬子監訳（みすず書房、二〇〇八年）がある。

【31】『三ギニー』は反戦を訴えるエッセイであるが、女性運動を闘争のメタファーで語ることは、かならずしもエッセイの趣旨に矛盾しているわけではない。非理性的な性差別にたいしては、それと同じ程度に非理性的な抵抗のかたちがありうることをウルフは示唆している。たとえば、女子学寮再建への寄付を求める名誉会計係への手紙のなかで、語り手は高等教育の役割が既存の社会システムの維持と強化でしかないと指摘し、寄付する一ギニーは大学の建物を燃やすために使うよう指示している。Woolf, *A Room of One's Own/ Three Guineas*, 202-03. ウルフ『三ギニー』六九－七〇頁。

【32】Woolf, *A Room of One's Own/ Three Guineas*, 306. ウルフ『三ギニー』一九〇頁（一部改変）。

【33】Woolf, *A Room of One's Own/ Three Guineas*, 339. ウルフ『三ギニー』二二九－二三〇頁。

【34】Woolf, *A Room of One's Own/ Three Guineas* 343-44. ウルフ『三ギニー』二三五頁（一部改変）。

【35】Woolf, *A Room of One's Own/ Three Guineas*, 341. ウルフ『三ギニー』二三二頁。
【36】Woolf, *A Room of One's Own/ Three Guineas*, 354. ウルフ『三ギニー』二四七頁。
【37】Woolf, *A Room of One's Own/ Three Guineas*, 364. ウルフ『三ギニー』二六〇頁。
【38】Woolf, *A Room of One's Own/ Three Guineas*, 365. ウルフ『三ギニー』二六一頁。
【39】Woolf, *A Room of One's Own/ Three Guineas*, 366. ウルフ『三ギニー』二六二頁（一部改変）。
【40】このエッセイのなかで語り手はしばしば時間に追われ、時間が足りないことに言及しているが、長い手紙の締めくくりでも彼女は「あなたがたも時間がないのですから〔手紙を〕終わりにしましょう（since you are pressed for time, let me make an end）」と述べ、さらに手紙が長くなったことを謝罪している。戦争が目前に迫っているという現実の切迫感は、「手紙」の持続時間が表わすフィクションの世界と対比されているとも考えられる。Woolf, *A Room of One's Own/ Three Guineas*, 367. ウルフ『三ギニー』二六三頁。
【41】James, *The Black Jacobins* (1938) 315-16.
【42】八〇年代版については、以下を参照。C. L. R. James, "Foreword," *The Black Jacobins: Toussaint L'Ouverture and the San Domingo Revolution* (Allison and Busby, 1980) v-vii.
【43】James, *The Black Jacobins* (1938) 100.
【44】James, *The Black Jacobins* (1938) 99. ただしジェームズ自身はトゥサンの王政崇拝説を否定している。
【45】Woolf, *A Room of One's Own/ Three Guineas*, 4. ウルフ『自分ひとりの部屋』一〇頁。
【46】Woolf, *A Room of One's Own/ Three Guineas*, 149. ウルフ『自分ひとりの部屋』一九七頁。

【47】Woolf, *A Room of One's Own/ Three Guineas*, 366. ウルフ『三ギニー』二六二頁（一部改変）。

【48】Woolf, *A Room of One's Own/ Three Guineas*, 313. ウルフ『三ギニー』一九九頁。

【49】Woolf, *A Room of One's Own/ Three Guineas*, 329. ウルフ『三ギニー』二一七頁。

【50】Eleanor F. Rathbone, *The Disinherited Family: A Plea for the Endowment of the Family* (Edward Arnold and Co., 1924).

【51】Woolf, *A Room of One's Own/ Three Guineas*, 316. ウルフ『三ギニー』二〇二頁（一部改変）。

【52】Woolf, *A Room of One's Own/ Three Guineas*, 316-17. ウルフ『三ギニー』二〇二―二〇三頁（一部改変）。

【53】Kathi Weeks, *The Problem with Work: Feminism, Marxism, Antiwork Politics, and Postwork Imaginaries* (Duke University Press, 2011) 122.

【54】Mariarosa Dalla Costa and Selma James, *The Power of Women and the Subversion of the Community* (Falling Wall Press, 1972) 39. 二〇一二年に刊行されたセルマ・ジェームズ著作集収録版ではこの引用部分は割愛されている。

【55】Dalla Costa and James, *The Power of Women and the Subversion of the Community*, 47; Selma James, *Sex, Race, and Class/ The Perspective of Winning: A Selection of Writings, 1952-2011* (PM Press, 2012), 59.『女性の力と共同体の転覆』とほぼ同時期にセルマ・ジェームズが執筆した論考「女性、組合、仕事、あるいはなすべきではないこと」（一九七二年）では、「家事労働に賃金を」運動が始まった社会状況がより詳しく説明されている。七二年一月から二月にかけて起こった炭鉱ストライキを契機

として英国で高まりつつあった労働運動を背景に女性を組合に動員しようとする動きにたいして、ジェームズは、組合が女性の存在をほとんど無視し続け、女性労働の搾取に加担してきたことを指摘したうえで、既存の組合運動とはとは別のかたちの女性運動の必要性を訴えている。James, *Sex, Race, and Class*, 60-75.

【56】James, *Sex, Race, and Class*, 95.

【57】ブライオニー・ランドールは、労働の使用価値を交換価値に転換する「労働時間」モデルが女性の労働の実態に合わない例として、歴史的に女性は賃金労働と家庭での労働をはっきりと区別してこなかったこと、同じ労働を無償・有償で行いうること、無償労働は賃金労働と同程度以上の労力と時間を必要とすることなどを挙げている。Bryony Randall, *Modernism, Daily Time and Everyday Life* (Cambridge University Press, 2007) 13.

【58】James, *Sex, Race, and Class*, 72-73.

【59】James, *Sex, Race, and Class*, 102-109.

【60】七〇年代の時点ではセルマ・ジェームズらがウルフから引きついでいなかった観点のひとつは、家父長制イデオロギーが異性愛主義に立脚しているという見方である。『女性の力と共同体の転覆』のなかでジェームズとダラ・コスタは「一般的にいってホモセクシャリティは資本主義社会そのものの枠組みに根ざしている」と主張しているが、これは男性同性愛と（のちにイヴ・セジウィックが定義することになる）「ホモソーシャル」の概念とを混同した結果である。Dalla Costa and James, *The Power of Women and the Subversion of the Community*, 30; James, *Sex, Race, and Class*, 56.

第五章　戦争とともに生を書く

【1】Paul John Eakin, *How Our Lives Become Stories: Making Selves* (Cornell University Press, 1999).

【2】Gertrude Stein, *The Autobiography of Alice B. Toklas* (1933; Vintage, 1990).

【3】Georgia Johnston, *The Formation of Twentieth-Century Queer Autobiography: Reading Vita Sackvill-West, Virginia Woolf, Hilda Doolittle, and Gertrude Stein* (Palgrave, 2007).

【4】サセックス大学所蔵のモンクス・ハウス・ペーパー（Monks House Papers）はクエンティン・ベルがウルフの伝記を書くために集めた資料であり、生前には未刊行だったウルフの自伝的文章が数多く残されている。死後出版された『存在の瞬間』には「過去の素描」のほかに一九〇七年頃書かれた「思い出」、メモワール・クラブで二〇年代から三〇年代に発表された「ハイドパーク二二番」「オールド・ブルームズベリー」「わたしは気取り屋かしら」が収録されている。

【5】Virginia Woolf, *The Essays of Virginia Woolf, Vol. 4, 1925-1928*, Andrew McNeillie ed. (Hartcourt, 1994) 473-80. このエッセイのなかでウルフは、二〇世紀の自伝においては、事実の無味乾燥な記述よりは、多少虚構を交えたとしても性格の描写における真実のほうが重要視されるべきだと論じている。

【6】Gertrude Stein, *Everybody's Autobiography* (1937; Exact Change, 1993) 4.

【7】Leonard Woolf, *Downhill All the Way: An Autobiography of the Years 1919 to 1939* (Hartcourt, 1967) 143-46.

【8】ウルフは『ふつうの読者』（*The Common Reader*）という題名のエッセイ集二巻（一九二五年、一九三二

年）を刊行している。

【9】「過去の素描」（"A Sketch of the Past"）の現存する草稿は、英国図書館（BL61973）とサセックス大学図書館モンクス・ハウス・ペーパー（MH A5a~e）にある。一九七六年出版の『存在の瞬間』（*Moments of Being: Unpublished Autobiographical Writings*, Jeanne Schulkind ed. [The University Press of Sussex, 1976]）に収録されたテクストは、サセックス大学所蔵のタイプ草稿（A5a）と手書き草稿（A5d）をもとにしたもの。八五年の『存在の瞬間』改訂版では、A5dの代わりにその後見つかった（草稿よりはあきらかに完成度の高い）タイプ草稿（BL61973）を使っている。モンクス・ハウス・ペーパーのそのほかの草稿については、A5bは「一九三九年六月二〇日」の日付で始まるステラをめぐる逸話（手書き草稿）、A5cは「一九三九年七月一九日」で始まる母の死後二年間にわたるみずからの病気の描写（手書き草稿、この部分はタイプ草稿では割愛）、A5eはかなり早い時期に書かれたと見られる書き出しの部分のタイプ草稿である。

【10】Virginia. Woolf, *Moments of Being: Unpublished Autobiographical Writings: Second Edition*, Jeanne Schulkind ed. (Hartcourt, 1985) 64. 翻訳に、ヴァージニア・ウルフ『存在の瞬間』近藤いね子ほか訳（みすず書房、一九八三年）がある。

【11】Woolf, *Moments of Being* (1985) 85.

【12】Woolf, *Moments of Being* (1985) 64.

【13】Woolf, *Moments of Being* (1985) 66.

【14】Woolf, *The Essays of Virginia Woolf, Vol. 4*, 160.

【15】Woolf, *Moments of Being* (1985) 67.
【16】Woolf, *Moments of Being* (1985) 70.
【17】Woolf, *Moments of Being* (1985) 71.
【18】Woolf, *Moments of Being* (1985) 71.
【19】Woolf, *Moments of Being* (1985) 98.
【20】Evelyne Ender, *Architexts of Memory: Literature, Science, and Autobiography* (The University of Michigan Press, 2005) 50.
【21】Virginia Woolf, *The Diary of Virginia Woolf, Vol. 5, 1936-41*, Anne Olivier Bell ed. (Hogarth Press, 1984) 335.
【22】Woolf, *Moments of Being* (1985) 80.
【23】Woolf, *Moments of Being* (1985) 82.
【24】Woolf, *Moments of Being* (1985) 83.
【25】Woolf, *Moments of Being* (1985) 88.
【26】Woolf, *Moments of Being* (1985) 89.
【27】MH A 5c, 9.
【28】Woolf, *The Essays of Virginia Woolf, Vol. 4*, 317-18.
【29】MH A 5c, 10.
【30】MH A 5c, 11.

【31】 Woolf, *The Diary of Virginia Woolf*, *Vol. 5*, 202.

【32】 Johnston 79.

【33】 Woolf, *Moments of Being* (1985) 108. ゲイブリエル・マッキンタイアは、ウルフが一九二四年にホガース・プレス刊行の『国際精神分析叢書』のタイプセッティングをした際に、フロイトを読んでいたことを指摘している。ウルフはフロイト理論にアンビヴァレントな感情を抱き、あえて忘却しようとしたのではないかと、マッキンタイアは推測している。Gabrielle McIntire, *Modernism, Memory, and Desire: T. S. Eliot and Virginia Woolf* (Cambridge University Press, 2008) 162-64.

【34】 フロイト「ある錯覚の未来」高田珠樹訳、新宮一成／鷲田清一／道籏泰三／高田珠樹／須藤訓任編『フロイト全集20』（二〇一一年）二五頁。

【35】 Johnston, 84.

【36】 フロイト「女性同性愛の一事例の心的成因について」藤野寛訳、『フロイト全集17』（二〇〇六年）二三七－二七二頁。

【37】 ジョンストンによれば、ウルフはフロイトのエディプス・コンプレックスにおける「誘惑理論」を拒絶し、無意識の言語は家父長制を機能させるためにしか作用していないと考えた。Johnston, 81. 本章は、ウルフとフロイトの関係をめぐるジョンストンの議論にインスピレーションを得た。ただし、ジョンストン自身はフロイトの同性愛についての論考を精読しておらず、また「過去の素描」の草稿を調査したわけではなく、草稿段階における母の死にまつわるエピソードに言及していない。

【38】 Woolf, *Moments of Being* (1985) 81.

【39】Woolf, *Moments of Being* (1985) 68.
【40】Woolf, *Moments of Being* (1985) 68.
【41】フロイト「ナルシシズムの導入にむけて」立木康介訳『フロイト全集13』（二〇一〇年）一四九頁。
【42】Woolf, *Moments of Being* (1985) 69.
【43】Woolf, *Moments of Being* (1985) 69.
【44】フロイト「ナルシシズムの導入にむけて」一五一頁。
【45】Woolf, *Moments of Being* (1985) 100.
【46】Woolf, *The Diary of Virginia Woolf, Vol. 5*, 284-85.
【47】Woolf, *The Diary of Virginia Woolf, Vol. 5*, 250, 252.
【48】フロイト「集団心理学と自我分析」藤野寛訳『フロイト全集17』一九六頁。
【49】Woolf, *Moments of Being* (1985) 111.
【50】Woolf, *Moments of Being* (1985) 116.
【51】Woolf, *Moments of Being* (1985) 146.
【52】Woolf, *Moments of Being* (1985) 153.
【53】Woolf, *Moments of Being* (1985) 157.
【54】同時期に執筆されていた『幕間』（*Between the Acts*, 1941）では、パジェント（野外劇）の舞台で蓄音機のカシャカシャ鳴る音がこうした無意識＝機械の力を象徴している。その音は機械文明すなわち機械によって支えられた近代大衆文化を表わす記号であるとともに、アングロ・サクソン時代か

ら現在までの英国の歴史を刻み続ける音でもある。

【55】Woolf, *Moments of Being* (1985) 147.

【56】Woolf, *Moments of Being* (1985) 150.

【57】Woolf, *Moments of Being* (1985) 158.

第六章　革命と日常

【1】Woolf, *Moments of Being* (1985) 158.

【2】アラン・バディウ「「人民」という語の使用に関する二四の覚え書き」バディウ他著『人民とはなにか?』市川崇訳（以文社、二〇一五年）三－二一頁。

【3】中谷いずみ『その「民衆」とは誰なのか――ジェンダー・階級・アイデンティティ』（青弓社、二〇一三年）。中谷の分析はある程度、現代日本の市民運動にまつわる言説にも当てはまるだろう。福島第一原発事故以後の脱原発デモから始まった新しい形態の市民運動について、運動の主体が組織化されない「ふつうの人びと」、とくに女性と若者であることが注目されている。「ふつうの人びと」はしばしば独自に思考して発言する主体、啓蒙化された個人としての市民としてメディアでも取りあげられるが、こうした「人びと」の表象は、女性や若者にたいする本質主義的なカテゴリー化とも重なる。

【4】John Carey, *The Intellectuals and the Masses: Pride and Prejudice among the Literary Intelligentsia, 1880-1939* (Faber and Faber, 1992).

【5】Raymond Williams, “Culture is Ordinary,” *The Raymond Williams Reader*, John Higgins ed. (Blackwell, 2001) 17-18. レイモンド・ウィリアムズ『共通文化にむけて』川端康雄／大貫隆史／河野真太郎／近藤康裕／田中裕介訳（みすず書房、二〇一三年）二一頁。これと似た考え方を、ウルフは『三ギニー』のなかで述べている。「それを一塊の巨大怪物、身体は巨大でも愚鈍な精神しか持たない怪物のように捉えるのはやめて、個々人に分けて考えてください (single it [“the public”] into separate people instead of massing it into one monster, gross in body, feeble in mind)」。Virginia Woolf, *A Room of One’s Own/ Three Guineas* (Oxford University Press, 1992) 297. ヴァージニア・ウルフ『三ギニー――戦争を阻止するために』片山亜紀訳（平凡社、二〇一七年）一八〇頁。

【6】Stuart Hall and Paddy Whannel, *The Popular Arts* (Hutchinson Educational, 1964) 68. 六〇年代当時のホールのポピュラー文化・芸術観については、以下を参照。山田雄三『ニューレフトと呼ばれたモダニストたち――英語圏モダニズムの政治と文学』（松柏社、二〇一三年）一一三－一一七頁。

【7】John Fisk, *Reading the Popular* (1989; Second Edition, Routledge, 2011) 2.

【8】Paul Buhle, *C. L. R. James: The Artist as Revolutionary* (Verso, 1988) 164. ポール・ビュール『革命の芸術家――C・L・R・ジェームズの肖像』中井亜佐子／星野真志／吉田裕訳（こぶし書房、二〇一四年）二八六頁。

【9】C. L. R. James, *American Civilization*, Anna Grimshaw and Keith Hart eds (Blackwell, 1993) 139.

【10】Larsen, Neil. “Negativities of the Popular: C. L. R. James and the Limits of ‘Cultural Studies,’” Grant Farred ed., *Rethinking C. L. R. James* (Blackwell, 1996) 85-102.

【11】James, *American Civilization*, 139.

【12】C. L. R. James, *The Black Jacobins: Toussaint Louverture and the San Domingo Revolution* (Secker and Warburg, 1938) 66.

【13】トリニダードで執筆されイギリスで出版された長編小説『ミンティ通り』（一九三六年）は、ジェームズに近似する中流階級の男性がスラム地区に下宿し、下層階級の女性たちの生活を参与観察するという設定である。女性たちは貧しいが経済的には自立し、小説の最後では、中流階級男性との結婚を断ったり、仕事を得るためにアメリカ合衆国に移住したりするという選択をしている。C. L. R. James, *Minty Alley* (1936; University Press of Mississippi, 1997).

【14】C. L. R. James, "Triumph," Andrew Salkey ed., *Stories from the Caribbean* (Elek Books) 1965, 133. C・L・R・ジェームズ「勝利」中井亜佐子訳、『多様体』一号（月曜社、二〇一八年）九六頁。初出は*Trinidad*, 1:1, 1929.『トリニダード』はジェームズがアルフレッド・メンデスとともに編集した文芸誌で、二号までしか発刊することはできなかったが、ポール・ビュールによれば、「このわずかのページ数で、この雑誌は嵐を巻き起こした」という（Buhle 27; ビュール、六一頁）。この雑誌の後継誌として、ジェームズは一九三一年に『ビーコン』を立ちあげ、三年間で二八号まで刊行している。「勝利」は Anna Grimshaw ed., *The C. L. R. James Reader* (Blackwell, 1992) 29-40 にも収録されている。

【15】James, "Triumph," 139. ジェームズ「勝利」一〇三頁。

【16】James, "Triumph," 138-39. ジェームズ「勝利」一〇二頁。

【17】たとえば、一九五〇年にジョンソン・フォレスト・テンデンシーの機関紙に発表された論文「炭鉱

労働者の妻」では、炭鉱労働者のストライキで妻たちの運動が男性労働者以上に戦闘的であったことを報告している。Raya Dunayevskaya, *Women's Liberation and the Dialectics of Revolution: Reaching for the Future* (Humanities Press International, 1985) 29-30.

【18】C. L. R. James, *Modern Politics* (PM Press, 2013) 123-24.

【19】フランク・ローゼンガルテンはC・L・R・ジェームズとラヤ・ドゥナエフスカヤおよびセルマ・ジェームズとの関係を詳述しているが、とくにセルマとC・L・Rの婚姻関係が六〇年代末以降破綻した原因として、彼がセルマに家事労働とタイプライティングなどの秘書的な仕事を無償でさせていたことに、彼女が不満を感じていた点を挙げている。C・L・Rのフェミニズムはあくまで理論にとどまり、実生活では実践されてはいなかったようである。Frank Rosengarten, *Urbane Revolutionary: C. L. R. James and the Struggle for a New Society* (University Press of Mississippi, 2008) 93.

【20】Ian Watt, *The Rise of the Novel* (Hogarth Press, 1987) 63.

【21】マイケル・シェリンガムは、一九世紀的リアリズムでは表象不可能な日常を表象しようとするシュールレアリスムの実験的な試みを肯定的に評価している。Michael Sheringham, *Everyday Life: Theories and Practices from Surrealism to the Present* (Oxford University Press, 2010).

【22】ベン・ハイモアによれば、産業化された社会における日常は機械化、システム化された反復的なものとしてとらえられる一方で、日常のなかにひそむ謎への関心が「無意識」の発見やゴシック物語を生んだとされる。Ben Highmore, *Everyday Life and Cultural Theory* (Routledge, 2002) 4.

【23】G・ルカーチ『歴史と階級意識』平井俊彦訳（未來社、一九六二年）四二頁。

【24】Henri Lefebvre, *Critique of Everyday Life* (One Volume Edition), John Moore trans. (Verso, 2014) 268. H・ルフェーヴル『日常生活批判――序説』田中仁彦訳（現代思潮社、一九七八年）八五頁。

【25】Lefebvre, *Critique of Everyday Life*, 260-67. ルフェーヴル『日常生活批判――序説』二四三－二五五頁。

【26】C. L. R. James, *Beyond a Boundary* (1963; Yellow Jersey Press, 2005) 264. C・L・R・ジェームズ『境界を越えて』本橋哲也訳（月曜社、二〇一五年）三三三頁。

【27】James, *Beyond a Boundary*, 267. ジェームズ『境界を越えて』三三六頁。

【28】『境界を越えて』でジェームズは、古代ギリシャのスポーツと演劇をいずれも民主主義的な大衆文化として同列に論じている。James, *Beyond a Boundary*, 198-207. ジェームズ『境界を越えて』二五五－二六四頁。

【29】この上演に先だってポール・ロブスンは、米国での「黒い王」表象の原型となったユージン・オニールの『皇帝ジョーンズ』で主演し、名声を博している。宮本陽一郎『モダンの黄昏――帝国主義の解体とポストモダニズムの生成』（研究社、二〇〇二年）二五四－二五九頁参照。

【30】戯曲版「ブラック・ジャコバン」についての詳細情報は第一章注【19】を参照。なお、レイチェル・ダグラスは三六年ロンドン上演版と六七年イバダン上演版のあいだの違いの詳細をチャートにまとめている。Rachel Douglas, *Making* The Black Jacobins: *C. L. R. James and the Drama of History* (Duke University Press, 2019) 134-39.

【31】両戯曲のその他の主要な相違点としては、①ジェームズは三四年版の執筆動機を白人に黒人の能力

を証明するためとしているせいか、全体的に白人の視点が採用されている場面が多いが、『リーダー』版はほぼ一貫して黒人の視点から記述されている、②三四年版が革命の年代記的な記述であるのにたいして、『リーダー』版は心理描写が多く、たとえばトゥサンは、甥モイーズの処刑に際して『ジュリアス・シーザー』のブルータスのような心理的葛藤を見せている、三）『リーダー』版には三四年版には登場しないムラート女性マリー・ジャンヌが、プロット上も重要な役割を担っている、などが挙げられる。

【32】C. L. R. James, *Toussaint Louverture: The Story of the Only Successful Slave Revolt in History*, Christian Høgsbjerg ed. (Duke University Press, 2013) 131-32.

【33】C. L. R. James, "The Black Jacobins," *The C. L. R. James Reader*, Anna Grimshaw ed, (Blackwell, 1992) 68.

【34】James, "The Black Jacobins," 69.

【35】James, "The Black Jacobins," 110-11.

【36】James, "The Black Jacobins," 102.

【37】James, "The Black Jacobins," 78.

【38】James, "The Black Jacobins," 106.

【39】移民、エスニック・マイノリティにかんしては、一九八二年にセルマ・ジェームズらが主導した国際会議がロンドンで開催されている。以下を参照。Selma James ed. *Strangers and Sisters: Women, Race, and Immigration, Voices from the Conference 'Black and Immigrant Women Speak Out and Claim*

Our Rights' London, England, 13 November 1982 (Falling Wall Press, 1985).

【40】Selma James, *Sex, Race, and Class/ The Perspective of Winning: A Selection of Writings, 1952-2011* (PM Press, 2012) 111.

【41】James, *Sex, Race, and Class*, 112.

【42】James, *Sex, Race, and Class*, 122.

【43】James, *Sex, Race, and Class*, 123.

【44】James, *Sex, Race, and Class*, 128. ジェームズは教会占拠が役所に担当部局を新設する口実に使われたことを批判し、かかわった官僚たちをキャリア主義者ないし（括弧つきの）「フェミニスト」と呼んでいる。

【45】James, *Sex, Race, and Class*, 128.

【46】Woolf, *A Room of One's Own/ Three Guineas*, 291. ウルフ『三ギニー』一七二－一七三頁。

【47】James, *Sex, Race, and Class*, 128.

あとがき

専門を訊かれれば「英文学」と答えるが、そう答えるたびに居心地の悪い思いをしてきた。研究を始めるきっかけがジョゼフ・コンラッドであり、イギリス文学の本流からはかなり逸脱した作家だったのも一因である。コンラッドを経由して、かなり早い時期からエドワード・サイードの批評にも触れていた。パレスチナ問題のスポークスパーソン、あるいはポストコロニアル批評の先駆者として知られるサイードだが、彼のもともとの専門領域は比較文学と哲学だった。筆者が学生のときに読んだ最初のサイードの著作は『オリエンタリズム』ではなく、「コンラッドとニーチェ」と題された論文である。作家の哲学的思索の過程を作品の内容ではなく形式にこそ見いだすという、文学研究者としてのサイードの基本的な姿勢が、筆者自身の研究の原点になっている。

二〇〇二年より現在まで所属している一橋大学大学院言語社会研究科で、人文学の多様な研究領域に取りくむ同僚や学生たちと語りあう場に恵まれたことも、筆者の研究姿勢に影響している。本書を構成する論考の大部分は、大学院での授業で学生たちからの鋭い質問や批判によって鍛えられ、練りあげられた。受講してくれた学生たちには、深く感謝したい。かつての受講者であり、現在は気鋭の研究者として活躍している吉田裕さん、星野真志さんには、本書執筆のきっかけのひとつとなったポール・ビュール『革命の芸術家――C・L・R・ジェームズの肖像』(こぶし書房)の翻訳を筆者とともに分担してくださったことに、あらためてお礼を申しあげたい。また吉田さんが二〇一二年に言語社会研究科に提出された博士論文は、英語文学における「群衆」の形象を論じるきわめて独創的ですぐれた論文であり、筆者もおおいに啓発されたことを、申し添えたい。言語社会研究科在学中の楠田ひかりさんには、本書の校正を手伝っていただいた。丁寧に読んでさまざまなミスを指摘してくださったことに、深く感謝したい。もちろん、本書における不備や誤りの責任は、すべて筆者自身にある。

学際性が言祝がれるにもかかわらず、今日の学問全般の傾向はむしろ専門の細分化と分業体制の強化ではないかと思う。だが、人文系の領域においては、過度の専門分化は致命的にもなりうる。狭い世界でテクニカルな卓越性を競いあっているうちに、〈自由な学問〉としての人文学の本来の理念を見失ってしまいかねない。本書は英文学研究のディシプリンに則って書かれてはいるが、他領域の研究者からの批判的応答にたいして開かれた書であればと願っている。

本書の第二章から第六章までの各章は、以下の既刊論文を大幅に加筆補正したものである（ただし第四章、第六章のセルマ・ジェームズを論じるセクションは、あらたに書き下ろした）。

第二章
「共同体、社会、大衆——コンラッドと「わたしたち」の時代」（海老根宏、高橋和久編『一九世紀「英国」小説の展開』松柏社、二〇一四年）

第三章
"Europe as Autobiography? *A Personal Record*" (*Conrad's Europe*, Opole University Publishing House, 2005)
「世界大戦とモダニズムの「晩年」」（『ヴィクトリア朝文化研究』第一三号、二〇一五年）

第四章
「歴史を書くこと、未来を語ること――『ブラック・ジャコバン』と『三ギニー』の同時代性」(『ヴァージニア・ウルフ研究』第二九巻、二〇一二年)
第五章
「モダニズムと(反)自伝」(『言語社会』第三号、二〇〇九年)
第六章
「革命と日常――C・L・R・ジェームズにおける「ヴードゥー的」大衆」(『多様体』第一号、月曜社、二〇一八年)

章立てを考えるにあたっては、月曜社の小林浩さんにたいへん貴重で有意義なご助言をいただいた。シリーズ〈哲学への扉〉での刊行の機会をくださったことも含めて、深く感謝申しあげたい。

本書を構成する論文の多くは、以下の科学研究費補助金の助成を得て執筆された。記して感謝したい。プロジェクトの共同研究者の方々にもお礼を申しあげたい。「モダニズムの越境性/地域性――近代の時空間の再検討」(基盤研究(B)課題番号二三三二〇〇六二、研究代表者・中井亜佐子、二〇一一－二〇一四年度)、「英国モダニズムの「情動空間」に関する総合的かつ国際的研究」(基盤研究(B)課題番号二五二八四〇五八、研究代表者・遠藤不比人、二〇一三年度－二〇一六年度)、「「産業文学」の再定義とその国際共同研究——産業化と脱産業化のグローバルな経験」(基盤研究(A)課題番号一七H〇〇九一三、研究代表者・川端康雄、二〇一七－二〇二〇年度)、「英国モダニズムにおける反心理学の系譜に関する学際的かつ国際的研究」(基盤研究(B)課題番号一八H〇〇六五三、研究代表者・遠藤不比人、二〇一八－二〇二一年度)。

英国サセックス大学図書館スペシャル・コレクション「キープ」所蔵モンクス・ハウス・ペーパー(Monks House Papers, University of Sussex Special Collections at The Keep)からの引用については、サセックス大学、およびヴァージニア・ウルフ・エステートを代表する英国作家協会(The Society of Authors as the Literary Representative of the Estate of Virginia Woolf)からの許諾を得た。

*

第一章執筆中の二〇一九年八月一三日、一年あまり闘病していた父が永眠した。アマチュア昆虫学者として夢を追い続けた晩年期の父は、コンラッドの『ロード・ジム』に登場するシュタインという人物に少し似ていた。アルフレッド・ウォレスをモデルにしているという説もあるこの人物は、少々変人ではあるのだが、小説のなかでは真理を喝破する役回りであり、語り手マーロウがもっとも信頼を寄せる人物でもある。シュタインはみずから収集した蝶の標本を眺めて「〈自然〉がつくった傑作だ」と言い、人間は「傑作ではない」と断言する――人間とは招かれざるところに来て、あちこち走り回ったり、騒音をまき散らしたり、草の葉をかき乱したりしているのだと。(「蝶を採ったり」とマーロウはすかさず付け加えて、シュタイン自身も〈自然〉をかき乱す人間のひとりであることを指摘している。)

シュタインと同じような言葉を、父もつねづね口にしていた。それはあたかも、父がコンラッドに託して残した遺言だったかのように思える。彼が生きて迎えることのなかった二〇二〇年代の幕開けにあって、わたしたち人間は三度目の世界戦争の足音に怯え、気候変動による数々の大災害に直面している。本書の校正作業中には新型のウイルスによる感染症がパンデミックを引きおこし、グローバルな産業社会のありかたを根底から揺さぶっている。招かれざるところに来てしまった人間が、歴史の岐路に立たされている。いまこそ方向転換して、未来をつくりなおすべきときなのだろう。
父の夢に振り回され続けた母に、本書を捧げたい。

二〇二〇年四月

中井亜佐子

索引

本書において主要な人名、地名、書籍・エッセイ・論文名、術語が言及されているページを掲出した。定訳のない書籍・エッセイ等のタイトルには、原題を記載している。注からの抽出の場合は、n.1 などと記載した。

ア

カ

サ

タ

ナ

ハ

マ

ヤ

ラ

ワ

中井亜佐子
（なかい・あさこ）
1966年生まれ。オクスフォード大学博士課程修了（D. Phil）。専門は英文学、批評理論。現在、一橋大学大学院言語社会研究科教授。単著に *The English Book and Its Marginalia: Colonial/Postcolonial Literatures after* Heart of Darkness (Rodopi, 2000)、『他者の自伝――ポストコロニアル文学を読む』（研究社、2007年）。共編著に『ジェンダー表象の政治学――ネーション、階級、植民地（彩流社、2011年）など。翻訳に、ニコラス・ロイル『デリダと文学』（共訳、月曜社、2014年）、ポール・ビュール『革命の芸術家――C・L・R・ジェームズの肖像』（共訳、こぶし書房、2014年）、ウェンディ・ブラウン『いかにして民主主義は失われていくのか――新自由主義の見えざる攻撃』（みすず書房、2017年）など。

〈わたしたち〉の到来
英語圏モダニズムにおける歴史叙述とマニフェスト
中井亜佐子

2020年6月30日　第1刷発行

発行者 小林浩
発行所 有限会社月曜社
〒182-0006 東京都調布市西つつじヶ丘4-47-3
電話 03-3935-0515 FAX 042-481-2561
http://getsuyosha.jp

造本設計 安藤剛史
印刷製本 株式会社シナノパブリッシングプレス

ISBN978-4-86503-100-3
Printed in Japan